I0647046

LE
DIABLE MÉDECIN

PAR

L. DE CHAUMONT,

Auteur des *Français en Afrique*; du *Cheval de Créqui*, Comédie
du théâtre du Vaudeville, etc.

TOME SECOND.

PARIS.

GABRIEL ROUX, ÉDITEUR,
25, rue du Vieux-Colombier.

CASSANET, Rue des Gravilliers, 25.	POURREAU, Galeries de l'Odéon.

NOTA. Le sujet de ce roman devant être traité au théâtre, toute
reproduction en est interdite.

1847

LE

DIABLE MÉDECIN.

LE
DIABLE MÉDECIN

PAR

L. DE CHAUMONT,

Auteur des *Français en Afrique*; du *Cheval de Créqui*, Comédie
du théâtre du Vaudeville, etc.

TOME SECOND.

PARIS.

GABRIEL ROUX, ÉDITEUR,
25, rue du Vieux-Colombier.

CASSANET,
Rue des Gravilliers, 25.

POURREAU,
Galeries de l'Odéon.

1847

CHAPITRE XV.

Diable et Abbé. *(Suite)*

— Monsieur le vicomte, je devine quelquefois, c'est vrai, mais seulement, quand je
veux bien m'en donner la peine... dans un
cas contraire, il faut qu'on ait l obligeance

de venir au secours de mon intelligence pa-
resseuse.

—Soit, monsieur ; je serai votre auxiliaire
en cette occasion.

— Je vous écoute, monsieur, répondit
Gabriel, qui semblait sourire aux appro-
ches d'une nouvelle affaire d'honneur. N'a-
vait-il pas son excuse! N'était-il pas dans
ces dispositions d'esprit, où le cœur aigri
par une grande douleur, cherche quelqu'un
qui puisse servir de plastron à sa colère ? —
Je vous écoute ; parlez clairement : que me
voulez-vous ?

— Je veux deux choses, monsieur.

— Deux : c'est, sans doute deux de trop.

— Nous verrons !., La première chose que je désire, c'est de savoir comment vous vous trouvez dans ce pavillon... La seconde, c'est que vous me promettiez la plus grande dis-crétion sur...

— Assez, monsieur, assez, — répondit Gabriel, en interrompant le mousquetaire ; à vos deux demandes je n'ai ni réponse, ni promesse à faire...

— C'est votre dernier mot?

— L'avant-dernier, si vous aimez mieux.

— Fort bien, docteur ! alors, si vous le voulez-bien, nous allons, séance tenante, nous couper la gorge.

—Vous êtes pressé, vicomte ; mais il n'est rien que je ne fasse pour répondre à votre chevaleresque empressement.

—Et moi , monsieur, pour punir votre insultante ironie.

— Corbleu ! pensa le vicomte , il vient d'insulter le futur cardinal , jusqu'à son chapeau !

— Songez-bien, — ajouta Gabriel, — que le coup d'épée que vous allez recevoir sera un chapitre de plus, pesant sur votre conscience d'abbé.

— Avant qu'il pèse , il faut l'avoir reçu. Vous prétendez le mettre sur mon compte,

et moi, monsieur, je prétends, j'espère bien,
le mettre sur le vôtre.

— En partagent, il serait sur le compte
de chacun.

—Assez de paroles... En garde, monsieur!
en garde !

— Que Dieu vous garde, monsieur le
mousquetaire ! — répondit Gabriel.

En même temps, les deux épées prestement dégagées de leur étroite prison, se
prirent à siffler entre les mains des deux
adversaires, comme deux jeunes couleuvres
qui s'allongent joyeuses sous les rayons d'un
chaud soleil.

Les fers étaient croisés.

—Arrêtez, messeigneurs ! et respectez cet asile !

Ces paroles avaient été prononcées par un blanc fantôme qui s'était élancé entre les deux ennemis.

Ce fantôme portait le costume de novice : c'était mademoiselle de Jouvencel.

En reconnaissant cette voix tant aimée, Gabriel se sentit une furieuse envie de jeter sur le carreau ce maudit vicomte, qu'il regardait déjà comme son heureux rival. Puis, soit réflexion, soit pitié, soit tout autre motif, il remit tranquillement son épée au fourreau.

— Que faites-vous, monsieur? demanda
le mousquetaire, qui dans sa fureur n'avait
rien vu, rien entendu. — Vous consentez
donc à me promettre...

— Voilà votre ange sauveur ! — répondit
Gabriel, en montrant mademoiselle de Jouvencel au vicomte ébahi, d'une pareille vision.

Puis il ajouta :

—Mademoiselle m'a demandé grâce pour
vous, et cette grâce je vous l'accorde.

— Pour moi, pour moi, — murmura le
vicomte. — Etes-vous bien sûr que j'en
eusse besoin de cette grâce-là? Quant à moi
je n'en ai nullement la conviction; et cor-

bleu ! mon épée est du même avis que son maître.

— Monsieur de Saint-Pol, — dit à son tour la jeune fille;—c'est à vous maintenant que je le demande : me refuseriez-vous ce que vient de m'accorder monsieur le docteur ?

—Que Dieu m'en garde ! mademoiselle... la voix du peuple est la voix de Dieu, dit-on; c'est parbleu bien la voix des dames qui est la voix de Dieu !

Et là-dessus le vicomte de Saint-Pol rengaîna de la meilleure grâce du monde; seulement, il eut grand soin d'essuyer la lame de son épée à la manche de son pourpoint, comme si l'épée eût été rouge de sang.

Le docteur ne pût s'empêcher de rire de cette distraction !

La blanche vision venait de disparaître.

Dans ce moment, une fanfare de chasse se fit entendre ; le vicomte prêta l'oreille :

— La chasse est finie, — se dit-il ; — je devrais être à mon poste, et je suis ici... c'est ce misérable docteur qui en est cause. Morbleu ! je le retrouverai.

Et sur cette belle promesse, il sortit du pavillon, après avoir salué Gabriel d'un air courtoisement menaçant.

Cette fois, le vicomte de Saint-Pol n'oublia pas son beau chapeau galonné, et qu'il devait échanger un jour contre un chapeau de cardinal.

Deux heures après le petit épisode que nous venons de raconter, le docteur, suivi de Labriche, avait quitté l'abbaye. Gabriel avait eu soin de faire parvenir sa lettre d'adieux à madame Louise de Miremont.

Une particularité, qu'en historien fidèle nous devons mentionner, c'est que lorsque Gabriel sortit du pavillon hospitalier, encore tout parfumé par les fleurs cueillies par les nonnes, la cloche du couvent rendit un son triste et mélancolique.

Etait-ce un dernier adieu que l'airain sensible envoyait à notre héros?

Pourquoi non? les cloches sont plus intelligentes qu'on ne le croit.

Au bruit de cette cloche connue, Gabriel tressaillit; un nuage de tristesse passa sur son front, mais le nuage se dissipa bien vite; quelques minutes après, le docteur avait retrouvé cet air sceptique et railleur dont il était coutumier.

SECONDE PARTIE.

LE CHATEAU

DU DIABLE.

CHAPITRE XVI.

Le Château du Diable!!

Comme ces auteurs à rôle secondaire, qu'on laisse à moitié route, nous allons laisser de côté madame de Miremont et sa blanche haquenée, les nonnes de l'abbay et leurs secrets.

II 2

Déjà, depuis longues semaines, le docteur Gabriel de Saint-Ange a quitté cette paisible retraite, et le jardinier du couvent a repris courage. Ses fleurs ont repoussé, et, cette fois, satan n'est pas venu les lui voler. Le terrain du jardin a cessé de disparaître ; les pots à jonquilles et à tubéreuses ont repris leurs places comme des déserteurs qui rejoignent leur drapeau un moment abandonné. Le bassin du couvent est plein jusqu'aux bords ; et les deux beaux cygnes, dont la verte cabane s'élève sur la rive, ne craignent plus de voir les eaux manquer sous leur voile vivante. Dans ce moment, ils décrivent sur ce lac tranquille mille gracieux contours ; on dirait deux jolies goëlettes à la ceinture de neige, se pro-

voquant au combat, pour se disputer le
prix de la grâce et de la vitesse.

Quant à la cloche que vous savez, si elle
sonne encore quelquefois, c'est pour annoncer à nos bonnes sœurs l'heure de la prière
ou de leur frugal repas.

Tout est rentré dans l'ordre !

La sœur tourrière, elle-même, n'oublie
plus de suspendre à ses côtés ses terribles
clés, qui lui donnent le faux air d'un geô-
lier de prison.

Il est bien vrai cependant que quelques
jolies nonnes, en entr'ouvrant, le matin, la
croisée de leur cellule, tournent encore leurs
regards mondainement curieux du côté de
la petite maison. Elles attendent sans doute

le retour de notre héros. Mais renonçant enfin à une espérance qui reste toujours inaccomplie ; elles referment tristement leur fenêtre un moment entr'ouverte.

Ainsi les compagnes désolées de Calypso, après le départ de Télémaque, attendaient vainement son retour.

Aux belles nonnes, il ne reste plus qu'une innocente distraction : c'est de pouvoir caresser de leurs mains potelées la belle *Débora*. Jamais la mule de madame l'abbesse n'avait été si flattée, si cajolée. Cela se conçoit sans peine : n'avait-elle pas servi de monture au cher docteur ? ne s'était-elle pas orgueilleusement cabrée sous le poids de ce hardi cavalier ? Comme cette barque

fameuse portant César et sa fortune, *Débora*
n'avait-elle pas porté le docteur et ses secrets ; et troc pour troc, les secrets du docteur Gabriel de Saint-Ange nous semblent
de beaucoup supérieurs à la barque de
César !

Les nonnes caressaient *Débora*; elles
touchaient sa housse brodée comme on touche le manteau d'un ami qui n'est plus.
Quand nos amis ont disparu, notre ten-
dresse trompée se reporte sur tous les ob-
jets qu'ils ont aimés ; l'amitié se donne ainsi
le change. Si notre cœur quelquefois est
trompeur, en revanche il cherche souvent
à se tromper lui-même.

Salut donc à l'abbaye de Miremont que

nous ne devons plus revoir ! Salut à la blanche maisonnette ! salut au vieux mur tant
connu du vicomte de Saint-Pol ! salut à madame l'abbesse et à ses sœurs !

Salut à ce beau jardin dont les douces
senteurs ne viendront plus jusqu'à nous !

De l'abbaye de madame de Miremont,
nous allons passer au château du diable.

La transition est moins forcée qu'on ne
serait d'abord porté à le croire.

— Eh bien ! messieurs ! comment trou-
vez-vous mon château ?

— Charmant , monsieur le chevalier
de....

— De Blancmoutier.

— De Blancmoutier... Croiriez-vous que,
dans ce moment, il n'est question à Paris,
que des merveilles de votre castel! et Paris
a raison, il a grandement raison. Votre castel, monseigneur, est loin de ressembler à
ces héros toujours moins grands que leur
renommée...

Votre castel, monseigneur, écrase sa renommée.

— Laissez-moi espérer, monseigneur, qu'il
n'écrasera pas son maître.

— Ha! monsieur le chevalier, quelle bi-
zarre pensée vous avez là...

Avant d'aller plus loin, le lecteur désire

sans doute connaître le nom des trois personnages que nous mettons ici en sa présence.

Les deux premiers qui sont en extase devant les merveilles du château de Blancmoutier, sont : le marquis de Rieux et le
comte de Bellegarde. Quant au troisième,
c'est notre docteur qui, depuis qu'il habite son château, a cru devoir en prendre
le nom !

— Mon Dieu ! oui, monseigneur, — poursuivit le marquis, — Paris s'est tellement
affolé de votre manoir, que mon ami et moi
nous avons pris la liberté de vous demander
l'hospitalité, quoique nous n'eussions pas
l'honneur de vous connaître.

— Messieurs, tout l'honneur me revient

— répondit le chevalier, que nous conti-
nuerons à nommer Saint-Ange, — et je vous
remercie de votre visite.

— Nous remercier! mais chevalier, tout
le plaisir est de notre côté.

— Vouloir m'en ôter ma part, serait de
la vôtre un acte d'égoïsme dont je vous crois
incapables, répondit Gabriel.

Le marquis se rapprocha du comte et lui
dit bas à l'oreille.

— Sais-tu, Bellegarde, que le chevalier
de Blancmoutier est un homme charmant?

— C'est aussi mon avis, répondit Bellegarde.

Rieux, s'adressant au chevalier, lui dit :

— Oui, monseigneur, votre château aura
un mérite rare...

— Celui d'avoir été visité par vous, messieurs.

— Chevalier, votre château a un tout
autre mérite que celui-là. Il a fait oublier...

— Quoi donc, messieurs ?

— Mais ce fameux docteur dont vous avez
sans doute entendu parler... ce docteur
dont la science surnaturelle tuait...

— Tous ses malades ?

— Non pas vraiment... Tuait toutes les
maladies, mais à condition qu'il aurait tous
les secrets.

— De ses malades ?

— Justement... Avez-vous connu le docteur ?

— J'en ai entendu parler.

— En bien ou en mal ?

— Des deux manières. Les grandes réputations ressemblent aux médailles, elles ont le côté du revers.

— Mais, vous-mêmes, messeigneurs, avez-vous connu le docteur ?

— Comte de Bellegarde, l'avez-vous connu ? — demanda Rieux.

— Ma foi ! non, — répondit Bellegarde.

— Ni moi, non plus ! ! ! Il est des grands hommes qui ont la pudeur de rester cachés à l'ombre du temple !

— Les faux prophètes, c'est possible, mais le docteur, pensez-vous...

— Que ce fût un faux prophète... ma foi ! je le tiens pour un homme fort dangereux.

— Et en quoi ?

— En quoi ?... mais en tout ! Un homme qui, par des moyens diaboliques, s'emparait des secrets de chaque ménage. Et, une fois qu'il s'en était rendu maître, savez-vous bien, monsieur le chevalier, qu'il pouvait en abuser d'une manière ou d'une autre... que dis-je ? il avait mille manières pour en abuser. Quand on dispose du secret des femmes, on est bien près de disposer de leur cœur.

—Le docteur connaissait donc l'art de plaire?

— Il connaissait l'art de séduire. Plaire n'est rien ; séduire, c'est tout.

— Comment l'entendez-vous, monseigneur ?

— Je veux dire qu'il est des positions extraordinaires, exceptionnelles qui rendent un homme irrésistible. Le docteur n'était-il pas dans ce cas ? que refuser à un homme qui sait votre grand secret ?

— Mais alors, pourquoi le lui confiait-on ? — demanda Gabriel, de l'air le plus naturel du monde ?

— Ha ! pourquoi ? pourquoi ?.. Mais vous ignorez donc de quelle manière ce damné docteur s'y prenait pour arriver à ses fins... et notez bien qu'il y arrivait toujours.

— Et comment s'y prenait-il ?

— Voici comment. Vous étiez malade, et vous aviez peur de mourir ; le docteur arrivait mandé par vous : car c'est toujours lui que l'on mandait, tant sa diabolique réputation était grande ! Il s'approchait de votre lit de douleur , il vous tâtait le pouls, et vous disait en attachant sur vous son regard perçant. — Vous voulez guérir ; vous serez guéri ; mais pour mieux connaître votre maladie, je dois connaître votre plus grand secret. — Mais, monsieur , disait le pauvre malade, vous êtes mon médecin, et non mon confesseur. Alors, répondait le docteur, que votre confesseur vous guérisse ; et il faisait mine de prendre sa canne et son chapeau pour se retirer ; le malheureux moribond le

retenait ; un pacte mystérieux avait sans
doute lieu, entre le patient et le docteur.
Le premier guérissait, mais l'autre connaissait toute votre existence.

— C'étaient là ses honoraires? dit en riant
Gabriel.

— Honoraires bien payés, monsieur le
chevalier !

Rieux poursuivit :

—Supposons maintenant que le malade
fût une femme... une jolie femme. La maladie allait lui enlever cette jeunesse, cette
beauté dont elle était si vaine; cette arme
puissante avec laquelle elle avait coutume
de battre ses rivales; le sceptre de la beauté

allait se briser entre ses mains affaiblies ; sa couronne échappait à son front pâle, comme la feuille jaunie qui tombe de l'arbre maladif. Je vous le demande, cette pauvre femme n'était-elle pas prête à toutes les transactions possibles, à condition qu'on lui rendrait la jeunesse et la santé? Le pacte était donc encore signé et d'ici, en voyez-vous la conséquence?

— En effet, ces conséquences me paraissent immenses.

— Oui, chevalier, immenses : c'est bien le mot ! !

— Et vous dites, messeigneurs, que mon château a fait oublier le fameux docteur?... Qu'est-il donc devenu?

— On n'en sait trop rien. Mille bruits plus contradictoires les uns que les autres, circulent à cet égard.

La conversation en était arrivée à ce point entre nos trois interlocuteurs quand Labriche s'approcha mystérieusement de son maître, et lui dit à l'oreille :

— Mais, monseigneur, vous n'y pensez donc pas?.. Comment, encore dans ce négligé du matin ?

En effet, Gabriel, était en ce moment en robe de chambre, mais d'une coupe si gracieuse, si coquette que l'on ne pouvait s'empêcher de l'admirer. Seulement, si Rieux et Bellegarde l'avaient examinée de plus près, ils auraient, peut-être, été surpris des su-

jets de peinture qu'une main exercée y
avait reproduits en fils de soie et d'or.

Nous dirons, nous, que la robe de chambre du chevalier était une étrange copie de
plusieurs tableaux dus à la palette amou-
reuse des peintres de la régence.

On y voyait des petits amours çà et là,
dans les poses les plus gracieuses. Ceux dont
le sourire était peut-être, un peu trop hardi
semblaient se cacher dans les plis soyeux,
comme pour y chercher une pudique retraite.

Du reste, des amours, il y en avait partout
sur le dos ; sur les épaules : sur le coude ; sur
les bras.

Le chevalier de Saint-Ange drapé dans sa

robe de chambre ressemblait à un général
qui se serait fait tailler un habit glorieux
dans le drap des drapeaux enlevés à l'ennemi.

Nous le répétons : si messieurs de
Rieux et de Bellegarde avaient examiné la
robe de chambre de plus près, il est probable qu'ils auraient ouvert de très grands
yeux. Mais leur admiration s'était reportée
ailleurs ; la vue humaine a des limites ; elle
ne peut tout saisir, tout embrasser à la fois;
et je vous jure que dans le château de
Blancmoutier, on ne savait ce qu'il fallait le
plus admirer, du château, du maître, ou de
sa robe de chambre.

Rieux et Bellegarde étaient éblouis, fascinés : certes , il y avait bien de quoi.

Nos deux visiteurs étaient donc tout entiers à leur ravissante extase ; aussi, c'est à peine s'ils aperçurent Labriche parlant bas à son jeune maître.

— Et les visites, monseigneur ? et les visites ? Vous savez bien que chez nous les jours se succèdent et se ressemblent.

— Plus bas ! Labriche, — dit Gabriel, en montrant ses hôtes.

— C'est juste , répondit le valet; la prudence est une des premières lois de notre métier.

Le lecteur aura remarqué, sans doute, que le fort peu modeste valet du docteur disait *nous, nôtre*. C'était une de ces fantaisies que lui permettait son maître.

Labriche s'entretint plus bas avec le docteur. Au bout de quelques minutes, Gabriel se retournant vers ses hôtes, leur dit :

— Messieurs, vous permettez que je réclame les services de mon valet de chambre ?

— Faites, monseigneur, faites ; de grâce, avec nous veuillez ne pas vous gêner, — répondirent les deux amis.

— Parbleu , — pensa le valet, — voilà deux messieurs qui feraient bien mieux d'aller voir à Paris, si les tours de Notre-Dame sont toujours debout !

Ce disant, le valet disparut avec son maître.

CHAPITRE XVII.

Deux maris, manche à manche.

Gabriel, précédé de son valet de chambre vient d'entrer dans ses appartements du matin ; mais avant de s'éloigner, il s'est retourné du côté de ses hôtes en leur disant :

— A bientôt, messeigneurs !

Les deux amis étaient seuls.

— Sais-tu bien, Bellegarde, — dit le marquis, — que le chevalier de Blancmoutier est bien le plus galant homme que j'ai encore rencontré. Je suis enchanté d'avoir fait sa connaissauce.

— Et moi aussi, — répondit Bellegarde, qui avait l'honnête habitude d'être toujours du même avis que son ami Rieux.— Et moi aussi, j'en suis enchanté.

— Je voudrais bien savoir une chose : combien ce château a-t-il pu coûter à son maître.

— Je serais également ravi de le savoir.

— As-tu remarqué les fleurs rares de son jardin ?

— Certainement ; mais ce qui a le plus attiré mon attention c'est...

— Quoi donc? — demanda le mar-quis.

— Un magnifique dalhia ! — répondit Bellegarde.

Puis il ajouta tout bas :

— J'en avais un tout pareil sur la fenêtre de la chambre à coucher de ma femme : tellement pareil que ce serait à s'y m'éprendre... mais ce qu'il y a de plus original,

c'est que le pot était exactement le même...
même forme, même grandeur... Je suis certain que les deux pots sont jumaux et qu'ils
sortent de la même fabrique... mon beau
dalhia a disparu. Quand j'en ai demandé
des nouvelles à ma femme, elle m'a répondu
que c'était un coup de vent qui l'avait em-
porté... J'ai beaucoup regretté mon beau
dalhia... mais je vois avec plaisir que l'espèce n'en est pas perdue.

Pendant que Bellegarde regrettait ainsi la
mort de son cher dalhia que le vent a brisé
sans pitié, le marquis de Rieux déplorait
de son côté, le même accident survenu à de
superbes tulipes qui étaient également sur
la fenêtre de la chambre à coucher de sa
femme, et qui avaient disparu. —Par quel

accident! Voilà ce qu'il n'avait jamais pu
bien savoir. Quelle a été la surprise du marquis, en retrouvant au château de Blancmoutier des tulipes qui ressemblent tellement aux siennes, que c'est à s'y mépren-
dre! A cette rencontre inattendue qu'ils
viennent de faire ; les deux amis ne se sont
point communiqué leur pensée ; et cependant, ils se sont rencontrés à avoir la même :
à savoir, qu'il n'est rien de plus probléma-
tique que l'existence des fleurs ; et qu'on ne
peut jamais apprendre, au juste, ce qu'elles
deviennent!

Il est certain qu'il n'est rien de plus mystérieux qu'un bouquet. En outre, il n'est
point de jolie femme qui ne porte le sien.
Il en est même qui en ont deux ou trois, au

lieu d'un. Les fleurs appellent les fleurs;
comme l'amour appelle l'amour. Mais ces
fleurs, quelle main en a fait don? Ces char-
mantes voyageuses d'où viennent-elles? A
quelle intention ont-elles été offertes? Sous
quels présages ont-elles été reçues? Une pensée coupable ne s'est-elle point glissée parmi
leurs parfums? Et mille autres questions,
qu'il serait permis de faire!

Une rose donnée et reçue, offre presqu'autant de problèmes à résoudre, qu'elle ren-
ferme de feuilles. Le mystère se glisse dans
son calice; et le soupçon jaloux vient se
déchirer les mains aux épines qui la défen-
dent.

Après l'amant, je ne connais pas de plus
grand ennemi des maris, qu'un bouquet.

Que dis-je? Je gage qu'ils préfèrent un amant avoué à un bouquet qui ne l'est pas. Avec le premier, il savent à quoi s'en tenir : avec le second, ils ne savent que penser.

Il maudissent ce fatal envoi ; et cependant, ils sont quelquefois contraints de feindre de l'admirer.

Il nous souvient d'avoir connu une femme charmante qui recevait beaucoup de bouquets, — un seul, à la fois, cependant ; son dévoûment ou plutôt ce culte aux fleurs ne croyait pouvoir faire davantage. — Il est vrai, qu'elle en changeait si souvent qu'on aurait pu la surnommer la jolie et volage *bouquetière*. Son mari était vieux, laid et jaloux.

Trois motifs excellents pour donner à

la fleur la plus vulgaire des nuances en-
chanteresses. — Chaque fois que la jolie
femme revenait d'une soirée où l'on avait
dansé, où l'on s'était même contenté de faire
de la musique, elle ne manquait jamais de
rapporter l'inévitable bouquet qu'elle montrait gracieusement à son mari, en lui disant :

« Voyez, mon ami, quelles belles fleurs ! »

Le mari gardait le silence; madame continuait :

« Vous ne répondez pas; vous gardez un
« silence dédaigneux; vous êtes vraiment
« bien difficile; car tout le monde a admiré
« ces fleurs, et vous êtes sans doute, le seul
« qui ne les trouviez pas de votre goût. »

Tout enthousiasme est contagieux ; si bien que l'admiration de madame finissait par gagner monsieur ; et pour briser plus vite sur ce chapitre, il était insensiblement amené à donner, de confiance, toute son admiration, et même toute son estime à ce malencontreux bouquet qui, d'abord, lui déplaisait si fort !

Il feignait de l'admirer, il poussait même son hypocrite complaisance jusqu'à surenchérir sur les éloges de madame ; et cependant, ce maudit bouquet était pour lui un véritable cauchemar, un rival muet, cent fois plus odieux qu'un rival que l'on connaît.

Un mari peut se couper la gorge avec l'a-

mant de sa femme ! Mais à son bouquet, que
peut-il faire? L'admirer, quand il le maudit : l'arroser même quelquefois d'une main
toute conjugale ; quelquefois, enfin, le porter à sa boutonnière, ainsi qu'une croix
d'honneur,

Chacun, dans ce monde porte sa croix :
la croix du mari, c'est souvent le bouquet
qu'a reçu sa femme !

Telles étaient, peut-être, à ce sujet les
pensées de Rieux et de Bellegarde, quand
une voix se fit entendre dans la pièce voisine
de celle où se trouvaient dans ce moment
les hôtes du chevalier.

Cette voix appelait, avec une impatience
fort évidente :

— Labriche! Labriche!

Le marquis et le comte prêtèrent l'oreille.

— C'est le chevalier qui appelle, — dit Rieux.

La même voix répéta :

— Labriche ! Labriche !

Cet appel paraissait tellement pressé, que le premier mouvement du marquis de Rieux, fut d'entrer dans la chambre d'où la voix s'était fait entendre. Ce fut Bellegarde qui le retint en lui disant :

— Mon cher ami, point d'indiscrétion, un mari ne doit jamais entrer dans la chambre d'un garçon.

— Tu crois? — dit Rieux, en s'arrêtant court.

— Par la même raison, — répondit Bellegarde, — qu'un garçon nè doit pas entrer
dans la chambre d'un mari.

— Mais il y entre pourtant, quelquefois,
— observa Rieux, — cela se voit.

— Tu te trompes, marquis, cela peut
être, mais cela ne se voit pas !

— Tu dis comte?

Bellegarde répéta :

— Cela peut être, mais cela ne se voit
pas !

Rieux fronça quelque peu le sourcil, à
ces paroles qui semblaient avoir toute la
portée d'une charade maritale; mais comme
il n'était pas très fort sur les *rebus*, il se con-

tenta, après mûre réflexion , de dire à part soi.

— C'est encore possible !

Dans ce moment, Gabriel se présenta à ses hôtes un peu étonnés, dans un état passablement extraordinaire, disons-même, peu séant.

Gabriel était à moitié vêtu.

Il n'avait plus sa mirifique robe du matin, toute barriolée de ramages amoureux ; espèce de *champ-d'amour*, où cent petits cupidons bouffis semblaient se livrer à un pugilat des plus récréatifs.

La robe de Gabriel, véritable course aux amours avait disparu pour faire place à un magnifique habit, couleur grenat, rehaussé de brocards d'or.

Gabriel n'avait passé qu'une manche de son habit ; l'autre attendait l'assistance de son valet de chambre, et voilà pourquoi il l'avait appelé à plusieurs reprises.

— Conçoit-on une pareille distraction ? Me laisser dans cet état !

Ce disant, Gabriel de Saint-Ange regardait la manche encore flottante, et que, sans doute, il lui était impossible de passer lui-même !

C'est alors qu'il aperçut Rieux et Belle-garde que, peut-être, il ne savait plus là.

— Ha ! pardon, messeigneurs, — dit-il, — je ne vous voyais pas. C'est mon coquin

de valet qui a oublié de me passer entièrement mon habit, et un habit neuf ne peut
se mettre tout seul.

— Vous avez parfaitement raison, monsieur le chevalier ; un habit neuf ne peut...

Gabriel appela, de nouveau, son valet.

— Labriche ! Labriche !

Point de Labriche ! Où était-il dans ce
moment ? Que faisait-il ? Et quel motif si
puissant l'avait forcé d'abandonner son maître dans une situation aussi critique ?

Le marquis et le comte venaient de se
parler bas, comme deux personnes qui se
consultent mutuellement ; ils s'entretenaient,
selon toute apparence, de notre héros qui, par

désespoir de cause, et voyant que son valet n'arrivait pas, venait de dégager la manche prisonnière. Déjà même, il s'apprêtait à rebrousser chemin, c'est-à-dire, à rentrer dans sa chambre de toilette, pour y attendre le bon plaisir de maître Labriche, mais, dans ce moment, Rieux et Bellegarde s'avancèrent vers lui.

Ce fut le marquis de Rieux qui prit la parole :

— Monsieur le chevalier, — dit-il, — entre gentilshommes on s'oblige et...

— Et l'on se passe la manche : — ajouta gaîment Bellegarde, affectant un air très dégagé, afin, sans doute, que sa proposition parût moins extraordinaire.

Gabriel s'arrêta ; il regardait ces messieurs avec étonnement.

—- Comment? messieurs, vous...

— Avec plaisir, — dit, en l'interrompant, monsieur de Rieux.

— Avec le plus grand plaisir, — riposta Bellegarde, — marquis passe la droite ; moi je passerai la gauche.

Et tous deux, sans donner à Gabriel le temps de se reconnaître, s'emparèrent de son habit.

Le chevalier semblait interdit. Il ne savait que penser, et l'offre de ces messieurs lui semblait tellement contraire aux règles établies, qu'il croyait faire un rêve.

— Non, messieurs, dit-il, je ne le souffri-
rai jamais.

Et le chevalier voulut reprendre l'habit
précieux, cause innocente de ce singulier
débat; mais comme le marquis et le comte
refusaient de s'en dessaisir, et qu'ils y te-
naient bel et bien, ni plus ni moins qu'à un
trophée ravi à l'ennemi, le chevalier pensa
prudemment qu'il valait mieux le leur abandonner tout entier, que de risquer de ne
leur en laisser qu'une moitié entre les
mains. L'habit du chevalier était magnifique; il méritait bien de pareils ménage-
ments.

Gabriel n'opposait plus qu'une faible résistance, et cette résistance cessa entière-

ment, quand il entendit le marquis de Rieux lui dire :

— Monsieur le chevalier, nous refuser, c'est nous priver d'un plaisir ; c'est le différer, du moins.

— Que voulez-vous dire? et quel plaisir?...

— Eh! oui, sans doute ; on vante à Paris l'habileté de votre tailleur ; et il nous tarde, à mon ami et à moi, de juger de son talent, qui, assure-t-on, touche à la perfection.

Si c'était un prétexte, il était, au moins, passablement inventé.

Aussi le chevalier eût-il hâte de répondre.

— C'est différent, messieurs, et pour aller au-devant de votre curiosité, il n'est rien que je ne fasse.

Et Gabriel se laissa faire!

Au lieu et place d'un valet absent, il se trouva en avoir, momentanément deux, un marquis et un comte... Le roi n'en avait qu'un pour lui passer son auguste chemise ; le chevalier était donc mieux servi qu'un roi !!!

Bellegarde répéta sa phrase.

« Marquis, passe la droite, moi, je passerai la gauche. »

Et tous deux se mirent à fonctionner. Le marquis s'acquitta, le premier, de ses fonctions de droite; le comte remplit ensuite celles de gauche.

Pendant cette opération importante, quelqu'un qui eût observé notre héros, eût été surpris de l'étrange sourire qui relevait le coin de sa lèvre moqueuse,

Dans ce sourire, il y avait quelque chose de vraiment sardonique.

Rieux et Bellegarde remplissaient une bonne œuvre ; devaient-ils donc en être mal récompensés ?

Mais à propos de l'habit de notre héros, n'anticipons pas sur les événements.

L'habit était passé ; Rieux et Bellegarde s'étaient éloignés de quelques pas pour mieux juger du coup d'œil, pendant que Gabriel se mirait coquettement dans une superbe glace de Venise.

— Voilà un habit délicieux, disait Rieux à son ami.

— Ravissant, répétait l'autre.

— Le tailleur du chevalier est encore au-dessus de sa réputation.

— Mais regarde donc, mon ami, comme il lui va bien !

— A merveille.

— Comme ce ruban qu'il porte à sa manche droite fait un bon effet!

— Et celui de la manche gauche, donc!

Les deux amis étaient dans l'admiration ; ils ne s'étaient pas même aperçus qu'à quelques pas derrière eux, se tenait, dans l'ombre, un homme qui semblait ne pouvoir maîtriser une invincible envie de rire.

Cet homme était Labriche : et Labriche, témoin silencieux, venait d'assister à la dernière péripétie de cette petite comédie burlesque.

Le chevalier vient d'apercevoir son valet.

— Où étais-tu donc — lui dit-il — au moment où je t'appelais?

— Monseigneur, il ne faut pas m'en vouloir... au contraire.

— Comment ? au contraire.

— Oui, sans doute, monseigneur... et,
par un geste éloquent, il désignait Rieux et
Bellegarde.

Labriche continua.

— Je dis au contraire, monseigneur, car
mon absence vous a fait composer la meilleure comédie dont j'aie encore été témoin ;
et cependant, j'en ai bien vu des comédies,
sans compter celles que je verrai encore.

Il paraît que Gabriel comprit fort bien
ce langage de son valet, car il se contenta
de sourire.

Bientôt Labriche ajouta :

— Du reste, monseigneur, je puis tout
vous dire maintenant : au moment où je
passais la manche gauche de votre habit;

j'avais entendu sonner... j'ai pensé que c'é-
tait quelque visite, et j'ai couru m'en assurer. Voilà pourquoi..

— Et tu m'as laissé seul, drôle ?

— Le marquis et le comte n'étaient-ils
pas là, monseigneur, pour me remplacer?

— Tu dis?...

— J'ai dit pour me remplacer, et la preuve,
c'est que je n'aurais pu choisir de meilleurs
fondés de pouvoir !.... un comte et un marquis !! mais c'est charmant, monseigneur !

Quelques secondes encore., le maître et
le valet se parlèrent bas ; Gabriel finit par
dire à son valet :

— Mais ils te gênent donc ?

— Monseigneur, un mari me gêne toujours , — répond Labriche , — et si monseigneur veut me donner carte blanche pour
nous en débarrasser , je réponds du succès.

— Soit, je te la donne... mais use d'égards,
de beaucoup d'égards.

— C'est convenu, monseigneur;—de tous
les égards que l'on peut avoir pour des gens
qu'on veut mettre à la porte.

Ce disant, il tourna prestement sur ses
talons, se dirigeant en toute hâte du côté de
la porte du château, dont la cloche venait de
retentir encore une fois.

Décidément, c'était la journée aux visites,
et la cloche, sentinelle en vedette aux por-

tes du manoir, ne cessait de crier de sa voix argentine : *Qui vive* !

Lecteur, n'allez pas vous étonner de cet immense concours aux portes du castel; la réputation de notre héros était alors à son apogée, et, cependant, nous ne pensons point qu'il aspirât encore à descendre.

Quant à Labriche, il avait fait d'immenses progrès en... ingratitude... Il détestait tout ce qui portait le nom de mari, et cependant, c'est à cette classe estimable qu'il devait sa haute fortune.

Gabriel saluant de nouveau ses hôtes venait de disparaître. Rieux et Bellegarde s'entretenaient de toutes ces rares merveilles que la baguette d'un génie semblait avoir ici réunies.

Tout à coup une étrange vision vint frapper leurs regards stupéfaits.

Debout, sur le seuil de la porte, ils venaient d'apercevoir le vicomte de Saint-Pol.

CHAPITRE XVIII.

Le carrosse et la berline.

Notre joyeux vicomte, à la vue de Rieux et de Bellegarde s'était avancé vers eux, et leur serrant cordialement la main :

— Eh ! bonjour! messieurs, leur dit-il.

— Bonjour à l'abbé !

— Bonsoir au mousquetaire.

— Bonjour ! bonsoir !... de grâce messieurs, tâchez de mettre de l'accord dans
vos salutations!... que diable ! il n'est pas
encore midi sonné ; vous le voyez bien.

En même temps, il montrait du doigt une
magnifique pendule dont la grande aiguille
ne marquait que onze heures du matin.

— Vicomte, — répondit Rieux ; — vous
interprétez mal nos salutations, et dans les-
quelles ce cadran n'a rien à faire ; pour saluer à la fois l'abbé et le mousquetaire ; l'un
nous disait bonjour, à l'autre bonsoir !...
bonjour à l'abbé ! bonsoir au mousquetaire.

— Cette explication vous suffit, je pense,
— dit en riant Bellegarde.

— Elle me suffit parfaitement! saluer le présent et l'avenir, c'est fort habile de votre part, messieurs; le diplomate le mieux exercé ne serait pas plus prudent. Ceci me rappelle un de nos ministres qui ne manquait jamais de saluer le vieux roi, à reculons; et le prince royal en se portant en avant. Dans ce salut ministériel, il y avait aussi du bon-jour et du bonsoir.

Le vicomte voyant qu'on ne l'invitait pas à s'asseoir, prit lui-même un fauteuil, pen-sant avec raison, qu'après une longue route on était beaucoup mieux assis que debout. Il n'en resta pas là, et remplaçant le maître du château pendant son absence, il crut qu'il était de son devoir, de faire les hon-neurs du logis.

— Asseyez-vous donc, messieurs, — dit-il, — à Rieux et à Bellegarde.

Rieux et Bellegarde se rendirent à cette invitation du vicomte de Saint-Pol.

— Maintenant, causons, messieurs. Par quel hasard avons-nous le plaisir de nous rencontrer ici ?

— J'allais vous faire la même question, — répondit Rieux.

— C'est comme moi, — fit Bellegarde.

— C'est donc moi, messieurs, qui vais entamer la question.

Le vicomte passa son mouchoir sur son front encore humide de sueur, et jouant avec la dragonne en or qui servait de nœud à son épée, il commença ainsi son récit.

—Messieurs, j'allais faire mes adieux…les derniers.… à ma compagnie de mousquetaires rouges ; mon départ pourRome était irrévocablement arrêté. Je m'embarquais sans remise ; mais avant de renoncer pour jamais aux vanités de ce monde, j'ai voulu messieurs, visiter ce manoir qui passe, dit-on, pour une curiosité d'autant plus grande d'autant plus surprenante… disons le mot, messieurs, d'autant plus surnaturelle qu'il semble être sorti subitement des entrailles de la terre !

— Vraiment ? — fit Rieux.

— C'est comme j'ai l'honneur de vous le dire.

Saint-Pol continua :

— Demandez aux braves gens des environs : ils vous diront tous qu'on ne connaît ni les maçons qui ont jeté les fondements de l'édifice; ni les décorateurs qui ont réuni tant de richesses dans un petit espace. Ceci est fort extraordinaire; mais voilà qui ne l'est pas moins.

Pendant la nuit, — dit-on, — l'eau des fontaines prend toutes les couleurs du soufre en ébulition. J'ai pensé d'abord qu'il pouvait s'agir de fontaines de rhum : ce qui serait une gracieuse galanterie de la part de l'amphytrion : mais on m'a montré clairement que les fontaines étaient sulfureuses.

— Diable ! — pensa Bellegarde.

— Hum ! hum ! — fit Rieux.

Saint-Pol continua :

— On raconte encore, que sur l'heure de minuit, on voit des légions de farfadets se livrer bataille dans les roseaux du lac qui dépend du manoir ; et dans le parc enfin, on entend, chaque nuit, la voix du *Chasseur noir* !

Voici du merveilleux, ou je ne m'y connais pas ; et voilà, justement pourquoi, j'ai voulu visiter cette étrange habitation.

— Il est fâcheux, — dit Rieux, — que vous ne soyez pas encore abbé, vous auriez pu exorciser le suzerain de ces lieux ; si toutefois il a besoin de l'être ; car il faut bien l'avouer, c'est un charmant garçon.

— C'est possible, messieurs ; mais n'anticipons pas sur les événements.

Le vicomte continua :

— Messieurs, je viens de vous exposer,
en quelques mots, les mille contes que l'on
débite sur cette habitation : contes, tous
contradictoires, comme va vous le prouver
la fin de mon récit.

— Ah ! voyons, — dirent Rieux et Bellegarde qui semblèrent prêter une nouvelle
attention aux paroles du vicomte.

— A une lieu d'ici, voulant parfaitement
m'orienter, je prends des informations sur
le castel de Blancmoutier. A ce nom, les hommes hochent la tête d'une façon fort signifi-
cative ; ils ne répondent pas. Par désespoir

de cause, je m'adresse à cette autre partie du genre humain qui a le privilége de la beauté... Je m'adresse aux femmes.

— Eh bien ! qu'ont répondu les femmes ?

—Attendez, vous allez voir... Les femmes rougissaient... les vieilles se signaient... les jeunes souriaient... mais toutes rougissaient, toutes, sans exception d'âge ou de couleur, les brunes comme les blondes, et les châtaines aussi ! sans compter les rouges, messieurs.

— Et pourquoi ne les comptez-vous pas?

—Oh ! pour une excellente raison. C'est qu'il est très difficile de savoir quand une rouge rougit ! Rouge sur rouge, c'est très embarrassant pour un observateur.

Je continue mon récit, messieurs.

« Cette pudeur inusitée me surprend ; car
vous le dirai-je, messieurs, je n'ai jamais pu
voir rougir une femme, sans me demander
mentalement, quel pouvait être le motif de
ce vif incarnat qui double les attraits d'un
sexe enchanteur. Vous trouverez, peut-être,
la chose étrange, mais elle n'en est pas moins
vraie : une femme qui rougit, m'intéresse
toujours, au dernier point : et de plus, elle
pique vivement ma curiosité : la rougeur est
toujours le reflet pudique d'une mystérieuse
pensée ; cette pensée, quelle est-elle? L'esprit cherche, et quelquefois, le cœur devine ;
car, messieurs, le cœur est beaucoup plus
sorcier que l'esprit. L'un divague, comme un

pauvre fou qu'il est; l'autre arrive presque toujours au but !

Les grands prophètes étaient tous gens amoureux ! Avec leur cœur, ils voyagaient dans les lointaines régions de l'avenir !

Je n'étais plus qu'à un quart de lieue du château : pressé d'arriver, je donne un coup d'éperon à mon cheval ; et tous les deux, nous galopons; lui, sur la grande route : moi, dans les plaines de l'imagination.

Avant d'arriver au but, je prends une dernière information, et savez-vous, messieurs, ce que j'ai appris ?

— Quoi donc ?

— Que ce château, messieurs appartenait au fameux docteur.

Rieux et Bellegarde firent un soubressaut sur leur fauteuil.

— Mais, — observa Rieux, — on le disait mort.

— Voilà justement, l'objection assez péremptoire que j'ai faite : savez-vous ce que m'a répondu une jeune fille, charmante, ma foi ?

— « Mon beau monsieur, un docteur aussi habile ne peut mourir. »

— Ma nouvelle vous étonne, — je le vois, — poursuivit le vicomte, — ainsi donc vous ignoriez de qui vous étiez les hôtes ?

— Complètement ; et c'est vous qui nous

l'apprenez, ou, du moins, croyez nous l'apprendre.

— Je ne crois pas : je suis sûr.

— Cependant, vous n'en êtes encore qu'aux conjectures.

— J'en suis à la conviction, à la complète conviction ; entendez-vous bien messieurs ? A propos, il vous a donné, sans doute, audience.

— Mais oui !

— En effet, vous m'avez dit, je crois qu'il vous a paru charmant.

— Il nous a enchantés Bellegarde et moi, par son accueil plein de courtoisie... A cet homme on serait toujours tenté d'offrir...

— Quoi donc? — demanda vivement le vicomte.

— Mais tout... N'importe quoi, — répondit le marquis : n'es-tu pas aussi de mon avis, à cet égard, Bellegarde?

— Certainement, — fit ce dernier, — c'est au point que, tout à l'heure, Rieux et moi, nous lui avons rendu un léger service...

— Un service, messieurs; et lequel — demanda le vicomte, avec une curiosité railleuse qui allait toujours en croissant; car déjà il semblait deviner quelque bonne mystification aux dépens de nos deux visiteurs.

— Bellegarde, raconte donc cela, — dit Rieux qui, sans doute, eût cédé volontiers son rôle de narrateur.

— Raconte, toi, — dit le comte.

— De grâce; messieurs, si vous voulez que je sache quelque chose ; daignez prendre la parole, l'un ou l'autre ! Chacun à votre tour, si vous voulez ; mais de grâce, parlez.

Puis il ajouta, à voix basse.

— Je gagerais qu'ils ont été mystifiés... Je gagerais mon chapeau de cardinal.

Le marquis se résolut enfin à parler.

— Ma foi, — dit-il, — il est arrivé, qu'au moment où le chevalier achevait sa toilette, son valet de chambre n'était plus là pour lui passer la manche de son habit : et alors...

— Achevez, marquis, achevez.

—Achève, comte, puisque j'ai commencé,
— dit Rieux à son ami.

— Eh bien! — dit Bellegarde. — En l'absence de son valet de chambre, Rieux et
moi nous lui avons passé la manche de son
habit.

Saint-Pol partit d'un long éclat de rire :

— Comment? messieurs, c'est vous
qui.....

Les deux amis ne voulurent pas lui donner le temps d'achever sa phrase.

— Bellegarde,—dit le marquis,— c'est toi
qui as passé la gauche!

— Rieux,—riposta le comte, — c'est toi
qui as passé la droite !

—Si bien, messieurs, que vous avez maintenant tous les deux une manche sur la conscience?

— Comment? sur la conscience!

— Hélas! oui, messieurs.

— Expliquez-vous, monsieur de Saint-Pol!

— Volontiers... Je gage, messieurs, que l'habit du docteur,—car c'était lui, soyez-en sûrs,—que l'habit du docteur portait un ruban... uné rosette.

— Monsieur de Saint-Pol se trompe.

—Je ne le pense pas, messieurs; je crois être parfaitement instruit, à l'endroit de l'habit du docteur.

Rieux répéta :

— Le vicomte de Saint-Pol se trompe ; l'habit du docteur n'avait pas une rosette ; il en avait deux.

— C'est juste : la remarque est parfaitement juste , une rosette à droite et l'autre à gauche. Vous avez parfaitement raison , messieurs.

Puis il ajouta :

— Ha ! messieurs, si vous connaissiez l'origine de cette rosette... de ces rosettes !!

— L'origine ? dit le marquis en regardant Saint-Pol.

— Oui, messieurs, l'origine.

—Mais vous la connaissez donc, vous ?

—Je la connais, messieurs... d'abord vous saurez que le docteur porte un habit neuf tous les jours.

— Tous les jours ?

— Oui, messieurs.

— Et pourquoi une telle profusion d'habits ? — demanda Rieux.

— C'est un usage de fort bon goût , admis par le docteur. A chaque rosette neuve, ne fallait-il pas d'ailleurs un habit neuf?... Et le docteur Gabriel de Saint-Ange en reçoit tous les jours des rosettes neuves !... le moins deux... le plus six.

— Six ! fit ! le marquis !

— Six ! fit ! le comte.

—J'ai dit six, messieurs... quand le docteur
reçoit six rosettes ; il change trois fois d'habit par jour. A deux rosettes chaque, cela
fait bien six.

Rieux se mit à compter sur ses doigts :
deux fois trois.

—Cela fait bien six,—répondit Bellegarde,
—le compte est exact. Mais d'où viennent
donc tous ces rubans ? est-ce le tailleur du
docteur qui les lui fournit ?

— Hélas ! non,—messeigneurs, répondit
le mousquetaire ; — et soit pour stimuler
davantage la curiosité de ses auditeurs, soit
pour leur épargner un récit qui pouvait
avoir quelque chose de pénible pour eux,
Saint-Pol semblait vouloir en rester là. Il

embarrassé ; et moi, messieurs, je suis dans ce cas.

— Le vicomte de Saint-Pol embarrassé ! pourquoi? comment ? — dirent en même temps les deux amis de plus en plus intrigués.

— Embarrassé pour tout vous dire, messieurs. Si cependant vous l'exigez, je vais tâcher de vous expliquer la chose de mon mieux, de vous la faire toucher au doigt.

Puis il ajouta tout bas :

— Sans qu'elle les touche au cœur.

— Parlez, vicomte, parlez !

— Vous l'ordonnez, j'obéis.

Alors le vicomte de Saint-Pol prenant le

geste et la voix que nous supposons au pieux
Enée, racontant sa douloureuse histoire à
la belle Didon, leur dit :

— Vous savez comme moi, messieurs, de
quelle manière cet infernal docteur s'y prend
pour exercer ses diaboliques fonctions, et
pour en tirer tout le parti possible. Il est
évident qu'il spécule sur le silence; il est
tout l'opposé de ces rhéteurs bavards qui
spéculent sur leur loyauté, qui font de l'é-
loquence à la toise, et de la sensibilité à
grand renfort de poumons. Le docteur, lui,
se taît, et de là l'origine de ses succès !

Maintenant, messieurs, vous êtes en droit
de me demander comment le docteur Gabriel de Saint-Ange peut s'y reconnaître au

milieu de tant de secrets qu'il reçoit? Comment il peut en tenir un compte exact ; ceci
exigeait une mémoire en *partie double*.....
C'est là qu'était la grande difficulté : vous
allez voir comment ce diabolique personnage en a triomphé.

— Et de quelle manière ? — demandèrent
Rieux et Bellegarde.

— Voilà comment... Vous m'accordez,
messieurs, que nos souvenirs ont besoin
quelquefois que l'on vienne à leur aide,
que l'on place pour eux comme des jalons
à leur intention : c'est ce qu'a fait le docteur.

— Mais de quelle manière ? — demanda
Rieux.

— Oui, de quelle manière? — répéta Bellegarde.

—Il a employé un moyen fort ingénieux, ma foi... un ruban, messieurs...

— Un ruban?

— Oui, un ruban qu'il attache à la manche de son habit. Ce ruban parle un langage muet en apparence... Mais rien n'est plus trompeur que les apparences; c'est ici que l'axiòme trouve son application, car ce ruban est plein d'éloquence.

— Il parle au docteur?

— Il lui parle, messieurs.

— Mais que lui dit-il?

—Ce qu'il lui dit—songez à moi, ne m'ou-

bliez pas — voilà, messieurs, ce que dit le
ruban. Il sert de double consigne: à se taire
et à se souvenir. A se taire sur les secrets, à
se souvenir des dépositaires de ces secrets.
Comprenez-vous, maintenant? la rosette est
un *mémento*! Ha! messieurs, quel fatal mémento pour les maris!!! et c'est vous, messeigneurs, vous, gens mariés, qui..... Messieurs, je vous le répète, vous aurez toujours
cette manche sur la conscience!

Le marquis de Rieux venait de se lever;
Bellegarde en avait fait autant; tous deux
étaient debout, en présence du vicomte qui
restait assis.

— Monsieur de Saint-Pol, — demanda le
marquis; — êtes-vous bien sûr de ce que
vous venez de nous raconter-là?

—Certain, messieurs, j'en suis certain...
mais ce n'est pas encore tout !

— Vous savez encore du nouveau ?

— Et du très nouveau, messieurs... le
docteur possède un vaste coffret.

— Où il met son argent ?

Saint-Pol leva les épaules avec un geste
plein de dédain ; puis il continua :

—Sachez bien une chose, messieurs, c'est
que le docteur Gabriel de Saint-Ange n'a'
pas besoin d'argent ; c'est là le moindre de
ses soucis ; il pratique en amateur... en
heureux amateur.

— Mais que met-il donc dans ce vaste coffret dont vous nous avez parlé ?

— Il y met ses souvenirs !

— Des souvenirs sous clé !... c'est original,—dit Rieux, en feignant de rire.

— Oui, parfaitement original ; mais tout
le monde n'en rit pas... Dans son vaste coffret, le docteur met tous les rubans qui ser-
vent de mémento. C'est la plus belle collec-
tion en fait de souvenirs, qu'il soit possible
de rencontrer... que dis-je? jamais on n'en
rencontrera de pareille... et cela se conçoit.
L'idée du docteur était aussi neuve qu'ingé-
nieuse ; elle devait avoir un formidable succès,.. la clientèle du docteur est immense ;
tous les jours le coffret mystérieux reçoit de
nouveaux rubans. Ha! messieurs, quelle col-
lection! quelle magnifique rançon au profit

de cet homme?... de ce grand homme!!!..
oui, trois fois grand! car, faut-il vous l'a-
vouer, le docteur m'est odieux, et cependant je l'admire. Qu'importe au génie la
haine, pourvu qu'il commande l'admiration!!

Brunes et blondes, baronnes et duchesses
toutes sont devenues tributaires du célèbre
praticien : toutes ont brodé leur chiffre
sur....

— Sur quoi? — demanda Rieux.

— Sur le ruban des amours!.. C'était in-
dispensable, messieurs! pour reconnaître
l'étiquette du sac, il fallait une enseigne :
ces dames ont brodé leur chiffre...

— Leur chiffre ?

— Eh ! messeigneurs ! auriez-vous donc mieux aimé qu'elles y brodassent le chiffre de leur mari..?

Le marquis de Rieux réitéra sa demande.

— Monsieur de Saint-Pol êtes-vous bien informé ?

— Parfaitement , monsieur le marquis. Quand j'ai vu que le docteur en savait si long sur le compte du vicomte de Saint-Pol, le vicomte de Saint-Pol a voulu le payer de retour. Je me suis conservé des intelligences dans le camp de monsieur de Saint-Ange ; et voilà comment j'ai surpris ces détails précieux.

Après une pause, le mousquetaire ajouta :

— Ainsi, messieurs, vous ne saviez nullement à quel hôte vous aviez affaire ? J'ai
pensé tout le contraire, quand, en arrivant
dans ce château, j'ai eu la conviction que le
marquis de Rieux et le comte de Bellegarde
m'y avaient devancé.

— Vous aviez la conviction que Bellegarde
et moi, vous avions devancé ici... Comment
cette conviction vous est-elle venue ?

— D'une manière bien simple, — répondit Saint-Pol, en entrant, — j'ai aperçu votre carrosse sous la remise.

— Hein ! vous dites ! répétez, s'il vous
plaît ?

Le vicomte s'adressant au marquis, riposta :

— J'ai aperçu votre carrosse sous la remise.

— Mon carrosse sous la remise du docteur ? vous avez mal vu, vicomte, vous avez
très mal vu.

— Parbleu ! je connais votre blason.

Bellegarde se mit à contempler son ami
Rieux de cet air qui semble vouloir dire :
— Mon pauvre ami, je te plains !

Saint-Pol continua :

— Votre blason, marquis de Rieux, je le
connais aussi bien que celui du comte de
Bellegarde dont la berline est également
sous la remise du docteur.

— Monsieur de Saint-Pol, — répondit

brusquement le comte,—je suis désolé d'être obligé de vous démentir ; mais ma berline n'est point ici.

— Corbleu ! messieurs ! je voudrais bien connaître le motif qui vous force à jouer ici l'étonnement avec moi ; je vous répète que la berline et le carrosse sont tous les deux sous la remise : voilà tout.

Rieux s'était approché de Bellegarde.

— Ami, — lui dit-il, — que penses-tu de cela ? nous qui...

— Nous qui sommes venus par eau... en gondole,—dit Bellegarde.

— Le vicomte se trompe.

— Il doit se tromper.

Et tous les deux sortirent très vite pour s'assurer par leurs propres yeux si le vicomte avait dit vrai : s'il n'avait point eu une fausse vision en croyant apercevoir le carrosse de Rieux et la berline de Bellegarde, sous la remise du docteur Gabriel de Saint-Ange.

Et maintenant, lecteur, une question :

Nous avons vu le diable long-temps indécis sur le choix qu'il devait faire d'une carrière. Son esprit flottait irrésolu, semblable à ces nuages qui, poussés par des vents contraires, ne savent plus où s'arrêter.

Enfin le diable a fait un choix : il a dit ;

— Soyons médecin !

Et médecin il est devenu.

La main sur la conscience, répondez lecteur :

Pensez-vous que le diabl   urait pu mieux
choisir ?

Quant à nous, la chose nous paraît complétement impossible.

Sans doute, on peut nous faire une objection : on peut nous dire :

— Votre diabolique héros est tombé dans
ses propres filets ; pour étendre les bornes
de son dangereux empire, tout en se jouant
de l'amour, il a voulu l'exploiter, — votre
diable devient victime de sa propre ruse. Il
est amoureux !!

A cette objection, nous répondrons :

— Qu'ici-bas, chacun est puni par où il
a péché ; et que le diable lui-même n'en est
pas excepté !

CHAPITRE XIX.

Le diable veut marier l'abbé.

Saint-Pol ne comprenait absolument rien à la surprise de Rieux et de Bellegarde ; la manière assez brusque dont ils venaient de le quitter achevait de mettre le comble à sont étonnement.

— Qu'ont-ils donc ? pensa-t-il, et quelle mouche les pique ? Ils tremblent ; on dirait l'un pour son carrosse et l'autre pour sa berline; c'est à tort : je les crois parfaitement en sûreté sous la remise du docteur que je juge complétement incapable d'enlever un carrosse... S'il s'agissait du cœur d'une jolie femme, je ne dis pas ; c'est bien différent... Diable de docteur, va !... quand viendra-t-il donc ? quand le verrai-je ? est-ce qu'il ne me sera pas permis de connaître le goût et la couleur des vins de sa cave ? Que m'importe que l'eau de ses fontaines sente le soufre, pourvu que le contenu de ses tonneaux ne le sente pas.

Ici le vicomte se mit à tousser d'une manière fort énergique. La poussière de la

grande route le prenait à la gorge. Le docteur fût-il le diable en personne, il était
bien décidé à lui tenir tête, le verre à la
main ! car le vicomte était un si grand bu-
veur, qu'il eût été capable d'entreprendre le
voyage de la Mecque si on lui avait affirmé
qu'à la Mecque il trouverait de meilleurs
vins qu'en France. Malheureusement il savait que le prophète Mahomet interdisait à
ses adeptes l'usage des liqueurs. Une telle
interdiction ravalait tellement le prophète
aux yeux du vicomte, qu'il osait quelquefois
l'appeler porteur d'eau.

Aux yeux de notre mousquetaire, le mot
porteur d'eau résumait à lui seul tout ce que
la langue française peut contenir de termes
de mépris !

Le vicomte continuait à tousser ; dans ce moment, Gabriel entra :

— La comtesse et la marquise ici ! — dit-il tout bas ! et leurs maris aussi. Comment tout concilier ? heureusement que Labriche est un habile garçon !

Gabriel vient de prononcer le nom de la marquise de Rieux et de la comtesse de Bellegarde ! Elles sont donc au château ! mon Dieu ! oui ; et c'est à deux grandes dames que Labriche est allé ouvrir, au moment où nous l'avons vu s'éloigner la dernière fois.

La marquise et la comtesse seraient-elles malades ? — Nullement ; l'une et l'autre se portent à merveille. Un docteur ordinaire rend des visites, le nôtre en reçoit : voilà toute la différence.

Le mousquetaire, en apercevant Gabriel, a quitté son fauteuil pour s'avancer vers lui.

— Restez, monsieur le vicomte, — lui dit Gabriel.—De grâce, ne vous dérangez pas ; je suis ici chez moi !

Le vicomte retomba dans son fauteuil ; Gabriel s'assit à quelques pas de lui.

La première pensée de Saint-Pol fut de jeter les yeux sur le fameux habit du docteur.

— Voilà bien les deux rosettes,—pensa-t-il...—Toutes neuves, toutes fraîches de ce matin... Je ne suis pas curieux, mais je vou-

drais bien savoir quel est le chiffre qu'elles
portent brodé.

Puis il ajouta .

—Ce ruban-là est comme une médaille...
la face, le bon côté, est pour le docteur ; le
revers est pour le mari !!

Heureusement que Rieux et Bellegarde
n'étaient pas présents pour juger jusqu'à
quel point la comparaison du vicomte pouvait être juste.

Avant d'entamer la conversation,—pensa
le vicomte, — je voudrais bien que le docteur commençât par m'inviter à me rafraîchir. Il se mit à tousser de plus belle !

— Seriez-vous enrhumé, monsieur de
Saint-Pol? demanda le docteur. Quand vous

serez de retour à Paris, il faudra vous soi-
gner ; il n'est rien de plus dangereux qu'un
rhume négligé.

Après une pause de quelques secondes,
Gabriel dit au vicomte :

— J'ignore, monsieur de Saint-Pol, le
motif qui me vaut l'honneur de votre visite ;
mais puisque je vous rencontre, j'en profi-
terai pour vous annoncer une nouvelle.

—Docteur, voyons votre nouvelle.

— Monsieur de Saint-Pol, vous ne pouvez plus partir pour Rome.

— Et pourquoi donc, s'il vous plaît?

—Pourquoi? pour un excellent motif,
c'est que je vous marie, si vous voulez bien
me le permettre.

— Vous prétendez me marier, vous, monsieur le docteur ? et c'est sérieusement que vous me dites cela ?

— Le plus sérieusement du monde, monsieur de Saint-Pol.

— Me marier ! — pensa le mousquetaire — en voilà bien d'une autre !

Je m'attendais à trouver d'excellent vin chez le docteur, et j'y trouve la proposition d'une femme en mariage !.. Quelle déception !

Puis il ajouta, après avoir réfléchi :

— Me marier !... C'est cela, il espère, sans doute, que plus tard, ma femme... A d'autres ! monsieur le docteur à d'autres !!

— Ma proposition vous étonne, monsieur de Saint-Pol? — demanda Gabriel.

— Au dernier point; je l'avoue.

— Je m'attendais à cette surprise.

— Oui, docteur, vous deviez vous y attendre, vous surtout : sachez que demain, sans faute, je pars pour Rome!

— Demain, sans faute?

— Et sans aucune remise.

— Mais il me semble que depuis trois mois, vous remettiez ainsi, de jour en jour.

— Raison de plus pour que demain, je ne remette plus.

— Demain, vous remettrez encore; c'est

moi qui vous le déclare. Je veux vous marier, et je vous marierai.

— Même par violence?

— Rassurez-vous, vicomte; la violence sera des plus douces! — Gabriel prononça ces dernières paroles avec un accent plein de mélancolie qui aurait dû surprendre le mousquetaire, s'il s'en était aperçu : mais Saint-Pol n'avait rien vu.

— Vous prétendez me marier! Puis-je savoir avec qui?

— Avec qui?.. Vous me le demandez?

— Puisque je l'ignore.

— Et cette jeune fille qui vous aime?

— Quelle jeune fille? Monsieur le docteur !.. J'ai connu bien des jeunes filles et...

— Vous avez donc oublié notre duel, vicomte ?

— Notre duel !.. Un duel qui n'eut pas lieu ! monsieur de Saint-Ange. J'oublie les duels véritables, comment me rappeler ceux qui ne furent qu'en projet ?

— On dirait vicomte, que vous regrettez que les choses en soient restées là !

— Si j'y attachais beaucoup de prix, je vous supplierais de vouloir bien recommencer, et vous ne me refuseriez pas.

— Je vous refuserais.

— Vraiment? et pourquoi?

— Parce qu'un duel avec moi, c'est la

mort; et que les morts sont des gens *imma-riables*. Comprenez-vous mon refus mainte-nant?

— Je le comprends très bien, sans trop l'approuver ; car enfin vous m'avouerez que j'ai lieu d'être surpris que vous prétendiez me marier malgré moi ! Qui êtes-vous donc, monsieur? vous qui venez parler mariage à un homme dans ma position ; à un homme que mon oncle, le cardinal attend à bras ouverts?

— Qui je suis? Quelqu'un qui veut votre bonheur.

— Même, malgré moi?

— Même, malgré vous.

— Ceci est trop fort, et dépasse les bornes de la plaisanterie.

— Avant de refuser, savez-vous bien celle qui vous aime?

— Et morbleu! c'est ce que je me tue à vous demander depuis une heure.

— Ha! mille pardons, monsieur de Saint-Pol. J'ai eu tort de tromper si longtemps votre impatiente curiosité. Vous souvient-il de cette blanche vision qui nous apparut, au moment où nos fers étaient croisés?

— Une jeune novice : je crois.

— Justement.

— Eh bien! votre novice; au lieu de se faire nonne, veut prendre un mari, et c'est du vicomte de Saint Pol qu'elle a fait choix.

— Corbleu ! La vision n'est pas trop vi-
sionnaire... Elle aurait pu choisir beaucoup
plus mal. Je remercie la vision : mais je suis
invisible pour elle !

— Ecoutez-moi, vicomte ; ce que je vais
vous dire est fort sérieux : Mademoiselle de
Jouvencel est d'une grande famille.

— Ha !

— Immensément riche.

— Ha ! ha !

— Jeune, jolie, et de plus.

— Encore ! Mais c'est donc un trésor que
cette jeune fille-là !

— Et de plus, elle vous aime.

— Comment avez-vous appris ce secret-là?

— Comment en ai-je appris tant d'autres?.. Epousez qui vous aime, monsieur le vicomte; car je vous le déclare, vous ne serez jamais abbé.

— Pourquoi non?

— Parce que vous comptez trop de bonnes fortunes.

— Et vous donc, monsieur le docteur?

— Moi... c'est par état!

— Corbleu! Il est fort agréable, votre état, et beaucoup de gens voudraient pouvoir exercer la même profession.

Il ajouta tout bas :

— Moi le premier.

Puis se reprenant aussitôt.

— Grand dieu! Qu'ai-je dit là? Si mon oncle le cardinal m'entendait!

Gabriel continua :

— Oui, monsieur de Saint-Pol, il vous est absolument impossible de devenir abbé, surtout après avoir escaladé les murs d'un couvent.

— Il veut parler du couvent de ma cousine de Miremont; pauvre cousine... Il est trop vrai... Mais à tout péché miséricorde. A propos de ma cousine, il faudra que j'aille lui faire mes adieux, ainsi qu'à *Débora*, avant

mon départ pour Rome : c'est bien le moins

que je puisse faire.

Pendant ce petit *a parte*, la cloche du cou-

vent se fit entendre de nouveau! Sans doute,

encore quelque visiteuse qui arrivait au doc-

teur! Par bonheur, Labriche, l'infatigable

Labriche était toujours à son poste : comme

un grand général, le jour d'une chaude ba-

taille, il semblait se multiplier.

— Eh bien! vicomte? — demanda Ga-

briel!

— Vous attendez ma réponse, monsieur

le docteur : elle ne se fera point attendre!

— Je me fais abbé, donc je ne puis me

marier : en outre, eussé-je d'autres intentions, vous avez beaucoup trop d'avantage
sur moi, pour que je consente jamais à recevoir une femme, de votre main.

— Quel si grand avantage ai-je donc sur
vous ?

— Celui de votre réputation, monsieur
de Saint-Ange.

— Avant de me refuser, veuillez bien réfléchir... A bientôt vicomte ! Et le docteur
sortit.

CHAPITRE XX.

Encore Débora.

— Vouloir me marier! ha! quel infernal docteur! C'est qu'il le ferait comme il le dit; et sans rire même! Et pour me faire tomber dans le piége, voyez à quelles précautions oratoires il a soin d'avoir recours. Celle qu'il

me destine, est de grande famille... Immensément riche ; et de plus, jeune et jolie. Enfin, par surcroît de bonheur, elle m'aime...
Récapitulons... de grande famille !

Saint-Pol était en train de compter sur
ses doigts toutes les qualités de sa future,
quand il aperçut Rieux et Bellegarde. Courant à eux, le mousquetaire leur dit :

— Messieurs, vous aviez parfaitement
raison ; l'habit du docteur porte deux rosettes ; je les ai vues, admirées ; elles sont
d'un effet charmant ; la couleur surtout,
m'en a paru fort bien choisie.

Rieux et Bellegarde ne répondaient pas :
on eût dit que les deux rosettes de l'habit
du docteur leur avaient lié la langue.

Le vicomte continua :

— Ce doit être un souvenir d'hier ou d'aujourd'hui. Tout me le fait supposer ; oui je gagerais que les deux rosettes n'ont pas encore vu le soleil ; la fraîcheur de leurs nuances l'indique.

Puis changeant de conversation, il leur dit :

— A propos, messieurs, j'espère que vous avez retrouvé votre berline et votre carrosse, et que nul accident ne leur est arrivé.

Rieux et Bellegarde s'entre-regardaient, comme deux complices fort embarrassés l'un de l'autre.

Saint-Pol continua :

— Sachez bien, mon cher marquis, que j'ai de bons yeux, et qu'à deux cents pas, je reconnaîtrais votre blason, ainsi que celui de monsieur de Bellegarde... Voyons ; dites-moi cela maintenant ; pourquoi prétendiez-vous me cacher la présence de votre carrosse, sous la remise du docteur ?.. Après tout, si c'est là votre secret, je dois le respecter... Parlons d'autre chose.

— C'est cela : parlons d'autre chose, — répondirent les deux amis qui ne demandaient pas mieux que de pouvoir changer de conversation ; car l'un avait trop bien reconnu son carrosse, et l'autre sa berline; or, comment ces deux vehicules se trou-

vaient-ils là à l'insu de leur maître? Quel est
le malin génie qui leur avait dit : — Marche
devant moi !

— Parlons d'autre chose, — répéta Rieux.
— Monsieur de Saint-Pol, ne m'avez-vous
pas dit...

— Que vous ai-je dit, marquis?

— Que madame l'abbesse de Miremont
était votre parente.

— Ma cousine, messieurs, ma cousine...
Je vous l'ai dit : Je m'en souviens.

Puis Saint-Pol ajouta tout bas :

— Pourquoi me demande-t-il si madame
de Miremont est ma parente?

De son côté, Bellegarde regardait son ami avec étonnement, ne pouvant deviner le motif de la question qu'il adressait au mousquetaire.

Rieux continua.

— Si je ne me trompe, lors de notre visite à l'abbaye, où nous entrâmes pour nous reposer des fatigues de la chasse, vous me dîtes aussi...

— Quoi donc encore?

— Que vous aviez fait un cadeau à madame l'abbesse.

— Un cadeau?

— Oui.

— Lequel?

— D'une superbe mule !

— Cela est vrai, marquis; et même, je vous l'ai montrée ce jour-là. Une belle bête, n'est-ce pas? Le jarret tendu; l'oreille aux aguets, le pied leste, comme celui d'une vivandière de Fontenoy; enfin, une véritable mule de couvent, et qui connaît toute son importance.

Puis il ajouta :

— Lui serait-il arrivé quelque accident? Vrai, messeigneurs, ce serait fâcheux, et, pour mon compte, j'en serais désolé.

— Rassurez-vous, monsieur de Saint-Pol, il n'est arrivé aucun accident à la mule de madame de Miremont, votre cousine... elle trotte toujours bien !

— Ha ! tant mieux. Je suis enchanté de le savoir.

— Et la preuve qu'elle trotte toujours bien, — continua Rieux, — c'est que...

— C'est que ?..

— Elle est ici, vicomte.

— En effet, j'ai cru l'apercevoir, — reprit Bellegarde, — mais je croyais m'être trompé.

— Ici ! la mule de ma cousine de Miremont, s'écria Saint-Pol en prenant feu à cette étrange nouvelle ! C'est impossible, marquis, vos yeux vous auront trompé.

— Mes yeux, monsieur de Saint-Pol, sont au moins aussi bons que les vôtres, et si à deux cents pas vous reconnaissez mon blason : à quatre cents pas je puis reconnaître une mule, surtout quand elle est aussi reconnaissable que celle de madame l'abbesse !

— Et moi aussi, dit Bellegarde, je l'ai très bien reconnue.

Le marquis et le comte affirmaient : contre ces deux témoins, le doute n'était plus permis ; Saint-Pol devait se rendre à l'évidence.

— Infernal docteur ! — pensa-t-il, — porterait-il rosette au souvenir de ma cou-

sine de Miremont? Et il voulait me marier
encore! qu'il y vienne! il sera bien reçu.

Rieux n'avait rien entendu de cet *a parte*
du vicomte, mais il l'avait à moitié deviné.

— Monsieur de Saint-Pol, lui demanda-
t-il, — que pensez-vous de la présence,
dans ce château, de la mule de madame
votre parente, surtout après tout ce que
vous nous avez raconté du docteur?

— Oui, qu'en pensez-vous? demanda à
son tour Bellegarde, qui, comme l'on sait,
se faisait assez volontiers l'écho de son
ami.

— Ce que j'en pense, messieurs?

— Oui.

— J'en pense que, avant mon départ pour Rome, je veux décidément me couper la gorge avec ce diabolique personnage, qui ne m'a pas seulement invité à me rafraîchir... Je vous le demande, est-ce connaître les convenances?... Ne pas inviter les gens à se rafraîchir!!! Il serait capable de me laisser mourir de soif... Je veux lui donner une leçon de politesse...

— Il est certain, — poursuivit Rieux, que si j'avais l'honneur d'être le parent de madame de Miremont, je trouverais fort mauvais que le docteur...

— Je le trouve tellement mauvais, que je me battrai avec le docteur... aussi vrai que vous avez trouvé votre berline et votre carrosse sous sa remise.

— Un bon coup d'épée, et le docteur n'aura que ce qu'il mérite !

— Ainsi, messieurs, dit le vicomte, vous ne le trouvez plus aussi charmant qu'il y a quelques heures ? Votre enthousiasme est passé bien vite !

— Pensez-vous donc, vicomte, que nous ne prenons aucune part au désagrément bien naturel que doit vous causer la présence en ces lieux de cette mule à laquelle vous sembliez beaucoup tenir !

Le bon vicomte de Saint-Pol fut complètement dupe de cette sensibilité apparente

de Rieux et de Bellegarde, qui dans ce moment, prouvaient que le mousquetaire n'a-
vait point eu tort de leur donner le nom de
diplomates? Diplomates! eh! quel mari ne
l'est pas, ou, du moins, n'a pas besoin de
l'être!

La diplomatie, n'est-ce pas la sauvegarde
du mariage... La diplomatie est un éventail
entre les mains d'un mari... il est bien rare
qu'il ne trouve pas l'occasion de jouer... de
l'éventail!!!

Rieux et Bellegarde étaient tout aussi braves que le premier gentilhomme de France.
Mais, sous quel prétexte aller chercher querelle au docteur Gabriel de Saint-Ange? Lui
faire un crime de la présence en son châ-

teau d'une berline et d'un carrosse portant

leurs armoiries ! C'était impraticable ; il n'y

fallait pas songer. Cependant, il leur fallait

une belle et bonne querelle. Ne pouvant la

chercher eux-mêmes, ils ne trouvèrent rien

de plus ingénieux que de lancer le mousque-

taire contre le docteur.

Débora en fournit le prétexte. Décidé-

ment, la belle *Débora* jouait ici le rôle bien

vieux, et cependant toujours jeune, de la

pomme de Discorde.

Ainsi, voilà donc une résolution bien ar-

rêtée !! Un duel aura lieu, mais, cette fois,

un duel sérieux, d'autant plus sérieux que

Rieux et Bellegarde seront là. Il n'est rien

de plus acharné au combat qu'un mari, lorsqu'il se bat avec l'épée d'un plastron, et, dans ce moment, le mousquetaire servait, sans le savoir, de plastron à Rieux et à Bellegardè.

Les choses en étaient arrivées à ce point, quand maître Labriche parut de nouveau.

— Il est temps de congédier tous ces gens-là. Autrement, je ne pourrais plus m'y reconnaître.

Ce disant, Labriche s'approche du comte et du marquis, et leur adressant la parole.

— Monsieur le marquis, et vous, monsieur le comte, leur dit-il, je viens pour vous prévenir que le gondolier qui vous a amenés au château de mon maître...

— Chut! dit le marquis.

— Tais-toi! répéta le comte.

Labriche n'avait pas entendu, ou bien il feignit de ne pas entendre.

Il répéta donc :

— Que le gondolier qui vous a amenés vous attend.

— Comment? messeigneurs, — s'écria Saint-Pol, vous étiez venus par eau ?

— Sans doute! est-ce que monsieur le vicomte ne savait pas que ces messieurs étaient venus par eau? — demanda Labriche de l'air le plus naturel du monde.

Rieux se mordait les lèvres.

Si les yeux de Bellegarde eussent été une

pièce de quatre, il est probable que maître Labriche serait tombé foudroyé.

— Et votre carrosse, marquis ? Et votre berline, comte ? fit observer Saint-Pol.

— Bon ! j'en aurai trop dit, pensa Labriche, témoin du désordre que venaient de causer ses paroles.

Et il disparut, semblable à ses chasseurs prudents qui, après avoir atteint le sanglier de leur plomb rapide, battent aussitôt en retraite, en laissant l'animal seul avec sa rage et sa douleur.

Saint-Pol répétait, machinalement, comme un homme absordé dans ses réflexions et qui cherche, inutilement, la solution d'un problème.

— Comment, messeigneurs? vous étiez venus par eau? mais alors...

Rieux et Bellegarde ne lui laissèrent pas le temps d'achever. Un bon mensonge pouvait seul les tirer d'embarras, et, bien qu'il fût fort invraisemblable, ils ne dédaignèrent point d'y avoir recours.

— Mon carrosse, dit le marquis, je l'avais embarqué avec moi.

— Et moi, ma berline, dit Bellegarde.

— Vous êtes de précaution, messieurs.

Ici le vicomte fit un demi-tour sur les talons, en jouant avec la dragonne de son épée.

— Est-ce que le carrosse serait venu sans Rieux, et la berline sans Bellegarde ? Je commence à le croire, — ajouta Saint-Pol, se parlant à lui-même.

Et comme un commentaire ne manque jamais d'en amener dix, vingt autres ; je vous laisse à penser combien dut s'en permettre l'esprit persiffleur du vicomte. Il venait de rêver une comédie où les deux maris jouaient un rôle fort peu marital, et dont ce diable de docteur était le héros fortuné. La marquise et la comtesse étaient, sans doute, au château ; peut-être, de leurs mains blanches, elles-mêmes, avaient-elles attaché le ruban emblématique à l'habit du docteur ; et cet habit, messieurs de Rieux et Bellegarde l'avaient vu, admiré, bien plus, ils avaient aidé le docteur à s'en vêtir !!

Rieux et Bellegarde avaient d'un coup d'œil, deviné toutes les suppositions du mousquetaire ; et pour y couper court, tous deux, d'un mouvement spontané, s'approchèrent de lui, et lui serrant la main avec une éloquente énergie.

— Monsieur de Saint-Pol, — dit le marquis, s'il vous faut un témoin, vous pouvez disposer de moi.

— Et de moi aussi , — ajouta Bellegarde.

— Allez choisir le terrain , messieurs, je vous rejoins.

— Et si la chance vous est contraire,
croyez que nous serons là pour soutenir votre querelle.

— Et faire triompher ma cause, n'est-ce
pas, messieurs ?

Puis, il ajouta plus bas.

— Ils auraient bien dû commencer par
faire triompher la leur. Mais il est des cau-
ses si mauvaises que d'avance on doit les re-
garder comme perdues ; j'ai bien peur que
la cause de ces messieurs ne soit de cette
nature.

Rieux et Bellegarde ne se firent pas répé-
ter la prière du vicomte, d'aller mesurer le
terrain ; tous deux sortirent en se donnant

le bras, ce qui fit dire au mousquetaire :

— C'est cela, messeigneurs, donnez-vous le bras : vous avez raison : car vous êtes *manche à manche!*

CHAPITRE XXI.

Un problème à résoudre.

— Certainement que je me battrai, — disait le vicomte, dans un monologue des plus animés; — oui je me battrai avec ce damné docteur; et cette fois, personne ne sera là pour nous séparer.

— Vous vous trompez, monseigneur, quelqu'un y sera.

A cette voix qui lui donnait ainsi la réplique, au moment où il s'y attendait le moins, le vicomte se retourna brusquement.

Mademoiselle de Jouvencel était devant lui.

En voyant la belle et charmante jeune fille, il ne sut d'abord que répondre ; et c'est en balbutiant qu'il lui dit :

— Quelqu'un y sera, mademoiselle ?

— Oui, monseigneur !

— Et cette personne, ce sera ?

— Moi, monseigneur !

— Vous, mademoiselle !... mais pardon !

serait-ce vous qui déjà, dans le petit pavillon de l'abbaye...

— Moi-même, monseigneur !

— Ha ! mademoiselle !

Ici le vicomte fit un profond salut !

— Il paraît qu'avec moi, — pensa-t-il, — elle joue le rôle d'ange gardien ! C'est qu'il est fort joli mon petit ange gardien : jeune, joli, et de plus il m'aime ! Diable ! diable !

Alors, s'adressant à la jeune fille :

— Pardon ! mademoiselle ! vous m'aimez donc ? — lui demanda-t-il.

Mademoiselle de Jouvencel gardait le silence.

— Qui ne dit mot, consent, — pensa le

mousquetaire. — Elle m'aime ; elle m'adore! c'est aussi ce que vient de m'apprendre le docteur.

Il paraît, que dans ce moment, il se fit un revirement d'idées dans l'esprit du mousquetaire, à l'endroit du docteur, car il ajouta :

— Au fait , il peut y avoir du bon dans le docteur : il est possible que ses intentions soient pures.

Et déjà, il avait presque oublié ses projets de duel ; et dans quel moment? à l'instant même, où ses deux témoins choisissaient dans le parc du château, un lieu propice pour se couper la gorge à l'ombre de quelque grand arbre, à l'abri contre les rayons du soleil.

Monsieur le comte, monsieur le marquis, examinez le terrain : le vicomte de Saint-Pol examine toute autre chose... Le voici qui, en présence de mademoiselle de Jouvencel, ne peut s'empêcher de se dire à lui-même.

— Dieu ! les beaux yeux ! la jolie taille !.. les magnifiques cheveux !

Et comme il se livrait, sans doute, avec trop d'abandon, à cette ravissante contemplation, il ajoutait :

— Allons, le futur abbé, ne regarde pas ces choses-là : si tu trouves tout beau ici, le chapeau de ton oncle, le cardinal, finira par te paraître fort laid.

Mademoiselle de Jouvencel ne savait rien du nouveau parallèle que venait d'établir le mousquetaire. Entre ses beaux yeux sa jolie taille, ses beaux cheveux à elle, et le chapeau de son oncle à lui. Aussi ne comprenait-elle rien au silence du vicomte.

— A quoi pense-t-il donc? — se dit-elle :

Nous sommes persuadé que le noble vicomte se sentait une vocation irrésistible à devenir abbé : tout doit nous le faire suppo-ser : d'abord, depuis trois mois, il en parlait tous les jours, à ses amis et connaissances ; ensuite, depuis trois mois encore, il faisait, chaque jour, ses adieux à sa compagnie de mousquetaires : donc, il était bien résolu de se séparer de ces braves gens qui déjà regrettaient fort leur joyeux lieutenant. Malgré cette résolution bien arrêtée nous sommes forcé, comme historien, de raconter tout ce qui se passa dans cette occasion.

Or, voici quel fut le monologue du vicomte. Veuillez vous rappeler que ce monologue avait lieu sous les beaux yeux de mademoiselle de Jouvencel : alors, lecteur, vous comprendrez à merveille, cette nouvelle édition de la tentation de saint Antoine.

Le vicomte de Saint-Pol se disait donc...

— Au fait, il pourrait m'être trop large le chapeau de mon oncle ! oui, mais un héritage n'est jamais trop large ! deux beaux yeux, une riche dot, valent-ils mieux qu'un chapeau rouge ? Toute la question est là.

Vous voyez, lecteur, combien mademoiselle de Jouvencel a déjà gagné de terrain.

Pauvre enfant ! elle ne savait rien de son triomphe ! et plus que jamais éblouie du silence de Saint-Pol.

— Monseigneur , lui dit-elle timidement.

—Pardon, mademoiselle, dans ce moment,

je suis occupé à résoudre un problème que
je me suis posé à moi-même.

On croira, peut-être, qu'en prononçant
ces paroles, le vicomte avait le sourire sur
les lèvres. Nullement; et si le lecteur connaît bien le caractère de notre mousquetaire, il doit savoir que dans les occasions
solennelles où il était appelé à parler de
l'héritage de son oncle, il était toujours d'un
sérieux imperturbable.

Le futur abbé avait déjà la conscience de
son état.

Mademoiselle de Jouvencel se prit à le re-
garder avec surprise.

— Il s'occupe d'un problème, se dit-elle,
devant moi!... voilà qui est bien extraor-

dinaire... Monsieur de Saint-Pol jouit d'une réputation de galanterie qui aurait dû me faire supposer... S'occuper d'un problème devant moi! voilà certes un problème fort malhonnête.

Et la jeune fille parut toute scandalisée. Quelle autre ne l'eût pas été à sa place?

Vous êtes jeune, jolie... vous êtes en tête-à-tête avec un mousquetaire célèbre par ses bonnes fortunes, et ce mousquetaire, au lieu de vous dire de ces choses qui plaisent toujours, même à la plus indifférente; de ces paroles qui sont comme la monnaie courante d'un cavalier bien appris, le mousquetaire, dis-je, n'a rien à vous apprendre, sinon qu'il s'occupe de la solution d'un pro-blème.

A peine si Archimède, de scientifique mé-moire, se fût permis d'en dire autant en pareille occasion.

Mademoiselle de Jouvencel dut penser que Saint-Pol rêvait ou qu'il tournait à la folie.

CHAPITRE XXII.

Un problème à résoudre (*suite*).

Le vicomte continuait son monologue.

— Je disais donc : toute la question est
là. Le chapeau est rouge, les yeux sont noirs.
Naturellement, j'aime mieux , par goût, le
noir que le rouge; jusqu'ici, le chapeau de

mon oncle a le dessous. Voilà donc pour le dessous du chapeau.

La jeune fille s'était approchée, et, prenant cette fois un petit ton de reproche qu'on aurait pu traduire ainsi :

— Monseigneur, vous n'y pensez pas... vous rêvez... Je suis là, et vous ne me voyez pas : elle lui dit :

— Monsieur le vicomte !

— Tout à l'heure,—reprit ce dernier ; — puis il continua :

— Voilà pour le dessous du chapeau : voyons si je pourrai lui trouver un dessus... Elle m'aime, c'est certain ; dès aujourd'hui elle sera ma femme si je veux... L'époque où j'obtiendrai mon chapeau est encore fort incertaine ; le chapeau a donc encore le dessous... il paraît que je ne pourrai lui trouver un dessus.

Mademoiselle de Jouvencel répéta :

— Monsieur le vicomte !!

— Voilà, mademoiselle, voilà ; je tiens mon problème.

Le monologue du vicomte n'était, cependant, pas encore achevé.

— La conclusion,—se disait le mousquetaire, — c'est que le chapeau de mon oncle ne peut lutter avec avantage contre...

Ici Saint-Pol examina plus attentivement mademoiselle de Jouvencel et il répéta :

— Dieu ! les beaux yeux !

« La jolie taille !!

« Les beaux cheveux !!

Allons ! je reste mousquetaire, et je me marie.

Et s'élançant vers la jeune fille étonnée, il lui dit :

— Mademoiselle, daignez m'entendre.

— Enfin, il pense à moi !!! Je vous écoute, monseigneur !

— Vous ne voulez pas que je me batte ! n'est-ce pas, que vous ne le voulez pas ?

— Non, monseigneur !

— Il suffit, mademoiselle. Votre volonté sera toujours la mienne.

— Vous me le promettez?

— Comment donc? mais avec le plus grand plaisir... il n'est rien que je ne fasse pour vous plaire, pour vous être agréable.

— Oh! merci, monsieur de Saint-Pol! merci!

Et la jeune fille sortit en courant, emportant sur son joli visage un rayon de joie et de bonheur.

— Oui, mademoiselle, pour vous être agréable, j'irai jusqu'à vous épouser, puisque cela peut vous convenir.

Le vicomte avait mis tant de feu, tant d'a-

veugle entraînement dans cet aveu à brûle-
pourpoint, qu'il ne s'était pas aperçu que
sa proposition allait rester sans réponse,
par la retraite de mademoiselle de Jouvencel.

Il est vrai qu'à la place de la jeune fille,
il aperçut le docteur, qui l'examinait de
son regard profondément interrogateur.

Aussitôt qu'il l'eut aperçu, il s'avança vers
lui en disant :

— — C'est vous, monsieur le docteur ; vous
arrivez fort à propos pour avoir ma réponse.

— Ainsi, vous avez réfléchi ?

— Oh! parfaitement, J'ai fait subir à ma conscience le plus scrupuleux examen.

— Eh bien! le résultat?

— Le résultat! je me marie.

— Je vous l'avais dit, se contenta de répondre le docteur, dont les deux sourcils se rapprochèrent l'un de l'autre; vous voyez, monsieur de Saint-Pol, que parfois il est sage de réfléchir.

— Désormais, mon cher docteur, je ne prendrai de conseils que de vous.

— C'est très bien, vicomte; mais prenez garde de tomber d'un excès dans l'autre.

— Que voulez-vous dire?

— Tout à l'heure, vous ne sembliez pas avoir une fort grande confiance.

— En qui?

— En moi... et maintenant, vous pourriez en avoir trop.

— Trop ! vous seriez donc capable d'en abuser.

— Qui dit trop, dit excès, et il n'est point d'excès qui ne donne prise sur nous-même avec nos meilleurs amis.

— Quel singulier docteur ! pensa le vicomte ; le voilà qui me recommande maintenant de n'avoir pas trop de confiance en lui. Il ressemble à ces coquettes qui vous disent : —méfiez-vous, je ne suis pas bonne ;— quel-

quefois, en effet, la chose se trouve exacte.
Le docteur ressemblerait-il à ces coquettes,
et ne doit-on pas, en effet, avoir trop de
confiance en lui?

A la suite de ces sages réflexions, les regards du vicomte se reportèrent naturellement sur le docteur, ou plutôt sur son
habit.

Saint-Pol aperçut les deux rosettes; cette
vue lui causa un certain malaise involontaire.

— C'est lui qui me marie,— pensa-t-il, —
et cependant, je devrais peut-être me mé-
fier de lui; car enfin, ces rosettes, d'où viennent-elles? Il les renouvelle dit-on tous les

jours, ce qui suppose de sa part une prodi-
gieuse consommation... Hum! hum!!

Et le vicomte continuait à examiner ce
maudit habit, qui déjà avait joué un si vi-
lain tour à Rieux et à Bellegarde : à Rieux et
à Bellegarde qui, plus sages que lui, mesu-
raient, dans ce moment, le terrain où devait avoir lieu son duel avec le docteur, et à
ce duel, il ne pensait plus ; non-seulement
il ne se battait pas avec monsieur Gabriel
de Saint-Ange, mais encore, il se laissait
marier par lui. Reste à savoir s'il ne vaudrait
pas mieux recevoir un coup d'épée de lui,
que d'en recevoir une femme. Un coup d'é-
pée se guérit, mais il est certains accidents
bien connus, trop connus, dont un mari ne
peut se guérir.

— A quoi pensez-vous, monsieur de Saint-
Pol ? lui demanda le docteur. A votre bonheur, n'est-ce pas ? Soyez-en digne au moins.
Oui, digne en tout point. Rendez mademoiselle de Jouvencel heureuse , sinon !

— Hein ! plait-il ? vous dites, docteur !
vous me faites un sermon, je crois, mais
votre sermon n'a pas d'à-propos. Ce n'est
plus au futur abbé de Saint-Pol que vous
parlez... et puis ; si c'était au futur abbé ,
sachez docteur, que dans ma famille, on
fait des sermons , mais qu'on n'en reçoit
pas.

Comme on le voit , Saint-Pol le prenait
encore sur un ton qui n'avait rien de bien

pacifique, mais ces deux malheureuses rosettes l'exaspéraient malgré lui; elles lui
agaçaient les nerfs; et les nerfs du vicomte
étaient d'autant plus irritables qu'il ressen-
tait, dans ce moment, une soif dévorante.

Aussi, pourquoi le docteur ne l'invitait-
il pas à se rafraîchir? Il manquait évidem-
ment aux devoirs de l'hospitalité.

Puis, tout-à-coup, il vint au vicomte une
autre pensée. Etait-il bien vrai que *Débora*,
la mule blanche de sa cousine de Miremont
était au chateau du docteur? Avant de passer outre, il voulut en avoir le cœur net.

Il fit quelques pas pour sortir, puis il
s'arrêta.

— Si *Débora* est réellement ici, que ferai-
je? se dit-il.

Quelle sera ma conduite à l'égard de ce damné docteur qui me paraît de plus en plus suspect ?

Me marierai-je ou ne me marierai-je pas ? Ma foi ! je n'en sais trop rien.

—Et le vicomte, fort indécis sur le parti qu'il devait prendre, sortit sans même saluer le docteur Gabriel de Saint-Ange.

CHAPITRE XXIII.

L'Aveu.

Où va-t-il? pensa le docteur, en suivant des yeux le vicomte, qui s'éloignait. Quelle mouche le pique? quel nouvel accès d'humeur noire s'empare de lui? Est-ce le futur abbé qui s'éloigne et le mari m'échapperait-

il? Refuser la main de mademoiselle de Jouvencel! mais le malheureux est donc fou!
fou à lier! Oh! misérables mortels, vous
serez donc toujours les mêmes? Vous cher-
cherez donc toujours le bonheur loin de
vous? et quand ce bonheur tant désiré sera
à votre portée, quand le pied sur le seuil
de votre logis il viendra vous tendre la main
comme un hôte ami, vous refuserez de lui
ouvrir votre porte, vous retirerez votre
main, et vous irez chercher ailleurs ce qui
vous attendait chez vous!!

Oh! cette race humaine sera toujours la
même!

Le docteur vient d'accuser Saint-Pol d'ê-
tre dans un accès d'humeur noire, mais

nous croyons que le reproche pouvait, à bon droit, lui être renvoyé.

Docteur Gabriel de Saint-Ange, qu'avez-vous donc? Votre bel habit vous gènerait-il? La marquise de Rieux et la comtesse de Bellegarde vous auraient-elles porté de fâcheuses nouvelles? que manque-t-il à votre bonheur? N'avez-vous pas en votre pouvoir la clé mystérieuse qui ouvre tous les cœurs?

La belle *Debora* elle-même n'est-elle pas venue visiter son cavalier d'autrefois? et, cependant, vous maudissez la race humaine! pourquoi ces blasphèmes?

O lecteur, vous demandez pourquoi? Avez-vous donc oublié que le docteur Ga-

briel de Saint-Ange est sur le point de marier la jeune fille qu'il aime ? Pour de tels
dévoûments, pensez-vous donc qu'il ne faille
pas un grand courage ?

Mais, me direz-vous, si ce sacrifice lui
coûte trop, pourquoi songer à la marier ?

Ha ! voici la grande question :

Si le cœur de l'homme est un abîme, le
cœur du docteur Gabriel n'est-il pas un
abîme trois fois profond ?

Gabriel vient de s'asseoir, sa tête repose
entre ses mains. Une tête pesante et lourde
des mille pensées qui viennent se heurter
dans son cerveau brûlant.

Dans ce moment, la porte s'ouvre sans

bruit, et toujours légère comme l'ombre brumeuse des héroïnes d'Ossian, mademoiselle de Jouvencel s'avance.

— Il est seul, — dit-elle, — et, à petits pas, sans le moindre bruit, elle vient s'appuyer sur le dos du fauteuil de Gabriel.

Le docteur a deviné sans doute que celle qu'il aime était là, derrière lui, car il s'est levé brusquement.

— Vous ! vous ! mademoiselle, lui dit-il, quoi ! c'est vous que je retrouve ?

— Oh ! je le vois, vous ne m'attendiez pas ?

— Vous attendre ! et pourquoi ? Vous ne

souffrez plus; mes soins vous sont inutiles.

— Mais votre présence m'est peut-être
toujours nécessaire.

— Nécessaire ! et en quoi ? demanda Gabriel d'une voix pleine d'amertume.

Puis s'armant de courage :

— Oui, vous avez raison, mademoiselle,
soyez la bien-venue ; j'ai une heureuse nouvelle à vous annoncer.

— A moi, monseigneur, une heureuse
nouvelle? ne vous trompez-vous point? Depuis bien longtemps j'ai perdu l'habitude du
bonheur, et...

— Cette habitude revient aujourd'hui , mademoiselle.

— C'est donc vous qui la ramenez?—demanda la jeune fille, en attachant sur Gabriel , ses regards à la fois craintifs et interrogateurs.

— A chacun son partage dans ce monde : d'autres apportent le bonheur, moi, je me contente de l'annoncer... Ecoutez-moi, mademoiselle : vous aimiez...

— Ha ! il vous en souvient donc ?

— Vous aimiez, et l'on répond à votre amour. Le vicomte de Saint-Pol ne songe plus à se faire abbé... il reste mousqueaire... il devient votre mari... voilà le bon-

heur que j'avais à vous annoncer... Eh bien !
vous ne me remerciez pas ?

— Monsieur de Saint-Pol, mon mari !...
mais je ne l'aime pas... je ne l'aimerai jamais.

— Vous ne l'aimez pas ?... c'est donc un
autre que vous aimez ?

— Oh ! vous le savez bien !... mais vous
l'avez oublié !... oh ! monseigneur, voilà l'in-
convénient de la fortune ; quand on est trop
riche, on oublie ! Si vous possédiez moins
de secrets, vous seriez beaucoup moins ou-
blieux, monseigneur.

— Des secrets, mademoiselle,—répondit

tristement Gabriel; il en est qui jamais ne s'effacent de notre mémoire.

— Je le sais, monseigneur, répondit mademoiselle de Jouvencel.

— Vous le savez, mademoiselle ?

— Oui, et beaucoup d'autres choses encore sur le compte...

— Sur le mien, peut-être...

— Justement, monseigneur.

— Eh! que savez-vous donc ?

— Tout... C'est beaucoup savoir, n'est-ce pas ? mais, est-ce ma faute si les renseignements sont venus me trouver...

— Sans doute parce que vous ne les cherchiez pas... chercher ! à quoi bon?... l'indifférence ne connaît ni ne prend de tels soins.

Puis, Gabriel ajouta :

— Et ces renseignements qui sont venus vous trouver, m'est-il permis de les connaître ?

La jeune fille gardait le silence, le docteur poursuivit :

— Me sont-ils donc si hostiles, que vous n'osiez me les redire ?

— Hostiles, monseigneur ! Non, non, au contraire, ils vous sont beaucoup trop avantageux.

— Alors, c'est ma modestie que vous prétendez ménager... parlez, mademoiselle, le docteur Gabriel de Saint-Ange saura tout, mais sa vanité ne saura rien.

— C'est qu'alors, vous ne m'auriez pas écoutée.

— Ne peut-on avoir deux oreilles? l'une pour entendre, l'autre pour ne point retenir?

— Les paroles que l'on ne retient pas sont inutiles à écouter, monseigneur.

— Ainsi, vous me condamnez à ne rien savoir de ce que vous savez sur moi?

— Eh bien! n'avez-vous point la ressource de deviner? Je ne pense point que la chose soit impossible pour vous.

Puis, changeant de conversation, la jeune fille lui dit :

— Je vous devais la vie, monseigneur, c'est peut-être un triste service que vous m'avez rendu là! n'importe! j'ai voulu vous remercier encore une fois! encore une fois, j'ai voulu vous faire mes adieux !

— Vos adieux, mademoiselle! quoi? seriez-vous sur le point de recommencer vos voyages?

— Mon voyage, cette fois, ne sera pas bien long; je retourne au couvent pour n'en plus ressortir.

— Vous! dans un couvent! mais c'est impossible... à votre âge!... si jeune! et surtout si belle!

— Eh! que m'importe mon âge... ma
jeunesse, ma beauté... on ne m'aime pas!
celui que j'aime ne m'aime pas!!!

— Il ignore donc votre amour?

— Oh! non. Il le connaît, répondit-elle,
en attachant sur Gabriel ses yeux noyés de
larmes.

— Connaître un tel amour sans le partager... c'est impossible, mademoiselle, et je
ne le croirai jamais.

— Vous ne le croyez pas ! et cependant !
vous savez tout...

— Cet amour...

— N'est point un secret pour vous....
Adieu, monseigneur ! adieu pour toujours,
celui que j'aimais, c'était vous !

— Moi ! Moi ! s'écria Gabriel, comme s'il
venait d'être frappé de la foudre : c'est moi
que vous aimiez !... et...

— Et vous l'aviez oublié !... Si je vous
aime, mon Dieu !... mais jamais je n'en ai-
mai d'autre que vous... oh ! si vous saviez
tout ce que j'ai souffert depuis que, perdant
vos traces à Venise...

— Comment? c'est de cette époque que...

Puis s'interrompant...

— Continuez, mademoiselle, continuez dit-il, je vous écoute.

— Que vous dirai-je, monseigneur! que j'ai souffert tout ce qu'il est possible de souffrir avant de mourir. Vos succès dans le monde, je les connaissais, et, à chaque nouveau succès, je sentais s'accroître mon martyre... Au milieu de cette foule qui redisait votre nom comment vous souvenir de moi? Cet encens qui s'élevait autour de vous ne devait-il pas élever une barrière entre nous deux? L'encens nous aveugle, et pour moi, vos yeux étaient fermés. Quand l'idole a pris place sur son piédestal, peut-elle compter de son trône élevé toutes les couronnes qui viennent tomber à ses pieds? Le nombre en est si grand qu'elle ne peut toutes les compter. Le soleil répand ses bienfaits sur la terre, mais connaît-il le nombre de ses adorateurs?

Au milieu de ce monde qui vous faisait fête, je cherchais à vous voir, et vos triomphes me rendaient encore plus malheureuse. J'étais jalouse... La jalousie, affreuse maladie qui vous dévore lentement.... je tombai malade... dangereusement malade.. vos confrères m'avaient condamnée... Avant de mourir, je voulus vous revoir... C'est

alors que vous fûtes appelé à mon lit de douleur. Vous savez, monseigneur ce qui se
passa entre nous deux... entre une eune
fille mourante et le docteur Gabriel de Saint-
Ange. Nous promîtes que je vivrais... mais
à cette promesse vous mîtes une condition,
vous liriez dans mon cœur !... La santé me
fut rendue, mais non le bonheur. Que
dis-je ? De ce jour, ma douleur fut sans espoir ; vous connaissez mon amour sans le
partager. Entraîné dans le tourbillon du
plaisir, vous m'aviez oubliée ! Enfin, vous
quittâtes Paris pour l'abbaye de Miremont.
Loin de votre présence, Paris me devenait
odieux ; je le quittai ; j'entrai à l'abbaye.
Madame Louise de Miremont était ma parente, elle m'accueillit avec bonté, et, cé-

dant à mes prières, elle me permit de commencer mon noviciat.

Au couvent, je croyais trouver quelque repos contre ma triste jalousie; mais, ce que je souffrais à Paris, je le souffris au couvent. Partout, vos triomphes étaient les mêmes, ma douleur ne pouvait donc changer.

Après une pause, mademoiselle de Jouvencel continua:

— Gabriel, vous souvient-il de la cloche du couvent, de cette cloche qui, plus d'une fois, se mit à sonner toute seule?

— En effet, je me rappelle... Vous saviez

donc, mademoiselle, que la cloche du couvent sonnait quelquefois toute seule ?

— Oui, je le savais... je savais toutes les
visites que vous receviez au couvent... j'é-
tais jalouse.... toujours jalouse... jalouse
plus que jamais... jalouse de madame de
Miremont, de toutes nos sœurs qui étaient
jeunes et jolies... Voilà pourquoi plus d'une
fois... plus d'une fois la cloche du couvent
se mit à sonner toute seule... au moment
où la conversation prenait une tournure
trop... mondaine, monseigneur.

— Mais comment saviez-vous que la conversation prenait une tournure trop mondaine? demanda Gabriel.

— J'entendais tout, monseigneur... ca-
chée derrière la tapisserie qui masquait la
porte dérobée qui communiquait du pavillon à l'abbaye... C'est là que je venais tous
les jours, poussée par une puissance plus
forte que moi... je savais que je faisais mal
de venir ainsi surprendre vos secrets... et
cependant j'y venais. Je savais que j'étais
coupable d'écouter, et cependant j'écoutais.
Savez-vous maintenant pourquoi sonnait la
cloche?... Vous dûtes penser qu'elle était
jalouse! vous vous trompiez, monseigneur,
c'est moi qui l'étais.

Gabriel était aux genoux de l'aimable enfant... de sa main, il venait d'arracher les
deux rubans qui semblaient des témoins ac-

cusateurs; il couvrait de mille baisers de feu, les mains de mademoiselle de Jouvencel; il aimait... il était aimé... et la naïve enfant, le cœur rempli d'une félicité sans bornes, l'écoutait dans une ravissante extase; puis, l'encourageant dans ses discours, elle lui disait :

— Ne craignez rien, monseigneur; vous pouvez tout dire... cette fois la cloche ne sonnera pas !!

Tout-à-coup, Gabriel se releva brusquement, et repoussant la main de la jeune fille :

— Vous avez raison, mademoiselle, lui

dit-il... retournez au couvent. L'abbaye de Miremont a de belles allées ombreuses où les petits oiseaux se plaisent à venir chanter. Les doux chants de ces enfants du ciel valent mieux que la voix des hommes. L'oiseau n'a que des chants d'amour, d'un amour véritable... les chants d'amour de l'homme ne sont que mensonge, duplicité; il porte toujours un masque... oui, toujours, alors même qu'il semble ne dire que la vérité... Oui, oui, vous avez raison, retournez au couvent.

— C'est vous, monseigneur, qui me le conseillez, dit la malheureuse jeune fille, qui, pendant quelques minutes s'était crue payée d'un tendre retour, et qui, mainte nant, reconnaissait sa cruelle erreur. — C'est vous qui me le conseillez!... le conseil est sage, puisqu'il me vient de vous... Je le suivrai, monseigneur... Adieu! adieu! Je vais écouter les doux chants d'amour des oiseaux de l'abbaye... Adieu! monseigneur! les oiseaux de l'abbaye ne chanteront pas longtemps pour moi.

Et, jetant un dernier regard au docteur Gabriel de Saint-Ange, mademoiselle de Jouvencel fut rejoindre madame Louise de Miremont, qui l'avait accompagnée au manoir de Blancmoutier.

EXPLICATIONS.

CHAPITRE XXIV.

Explications.

Nous avons vu le docteur Gabriel de Saint-
Ange, tomber aux genoux de mademoiselle
de Jouvencel, lui baiser les mains, avec mille
protestations d'amour ; puis , passant d'un
extrême à l'autre, mettant de côté son rôle

d'amoureux, pour prendre celui de sage conseiller, nous l'avons entendu lui dire d'une manière tant soit peu brutale :

— Allez au couvent, mademoiselle; le couvent est fait pour vous, comme vous êtes faite pour le couvent ; tous deux vous êtes dignes de vous comprendre. »

Pourquoi un tel revirement dans les idées de notre héros ?

Du jour qu'il a connu mademoiselle de Jouvencel, il s'est pris à l'aimer; son image ne l'a point abandonné, au milieu des joies enivrantes qui sont venues le trouver, plutôt que lui n'est allé les chercher. Il a tenté de l'oublier... inutiles efforts ! Longtemps il a désespéré de son amour, nous l'avons même vu — et ce trait est fort beau de la part du diable — nous l'avons vu songer à l'unir au brave vicomte de Saint-Pol , qu'il croit être son heureux rival. Enfin , il apprend la vérité, ce n'est point le mousquetaire qu'on aime, c'est lui..... lui docteur Gabriel de Saint-Ange! de la bouche de mademoiselle de Jouvencel il en a reçu l'aveu ! Cet aveu le comble d'abord de bonheur !.. mais bientôt il recule devant son bonheur , comme s'il en avait peur. Il conseille à sa jeune amie de retourner dans cette tombe vivante qui porte le nom de monastère. Il lui représente les amours de l'homme comme autant de mensonges... le diable, en un mot, s'est mis à prêcher, de manière à rendre jaloux le vicomte de Saint-Pol, lui-même.

Le-diable a-t-il voulu jouer la comédie ? en croyant aimer mademoiselle de Jouvencel, s'était-il trompé lui-même ?

Ne l'aime-t-il plus ?

Nous avouons que le diable a besoin de se justifier lui-même ! Eh mais, ne l'entendez-vous pas s'écrier :

— Elle m'aime !.. elle vient de me l'a-vouer !.. ainsi rien ne s'oppose plus à mon bonheur !

« Qu'ai-je dit, insensé? et quel mot vient

de sortir de ma bouche? mais le bonheur pour moi ressemble à ces fruits trop bien gardés du jardin des Hespérides, qu'ont inventés les poètes pour peindre le désespoir.

« Ne suis-je pas Tantale, toujours altéré, toujours affamé au milieu de l'abondance qui l'environne?

« La coupe désirée approche de sa bouche; les mets attendus qu'il couve du regard, il va les saisir! Trompeur mirage! coupe et mets délicieux s'éloignent, disparaissent; et l'infortuné reste seul avec son gosier qui brûle, avec ses entrailles qui crient!

« Du bonheur pour moi ! mais j'ai donc oublié mon origine ! pauvre fou ? Mais regarde donc à ton talon ! tu y trouveras encore l'empreinte du boulet de la malédiction !.. tu l'as brisé , mais les stigmates en sont toujours là !

« Bonheur et malédiction ! Mais ces deux mots peuvent-ils s'accoupler ? ils se repoussent, ils se harcèlent comme deux ennemis qui viennent de se rencontrer sur un pont fragile. Les armes à la main, les deux rivaux se pressent, se poursuivent ; tous deux veulent atteindre la rive ; mais le pont s'écroule ; et l'onde qui les dévore engloutit leur haine et leurs espérances !

Non , non : point d'espérance pour moi !

Et qui suis-je donc pour espérer ?.. Espérer ! oui , oui , j'en ai le droit !.. mais c'est
le mal que j'espère , que j'épie, que j'at-
tends comme l'oiseleur qui attend sa proie
innocente qu'il doit enlacer dans ses filets !

« Moi aimer ! mais l'amour n'est qu'un
hochet dans mes mains... N'ai-je pas soufflé
sur ses ailes, pour les meurtrir, pour les des-
sécher, pour clouer à la terre l'ambitieux
qui voulait planer jusqu'au ciel !

« L'amour ! mais il est devenu mon auxiliaire ; après moi l'amour est le premier
génie du mal : l'amour ! oh ! c'est un no-

ble élève que j'ai là, et il fait l'orgueil de
son maître !!

«Avec l'amour j'ai accompli plus de crimes
dans un jour, dans une minute, dans une
seconde, que l'homme le plus vertueux ne
pourra faire de bien dans toute son existence.

« Nobles dames que j'ai séduites ; belles
figures de jeunes filles que j'ai vues s'atté-
ler à mon char, vous êtes ma proie ; vous
m'appartenez!

«Mais cette malheureuse enfant qui m'aime,
dois-je donc lui ménager le même sort?
Allons! un peu de pitié pour elle!

« De la pitié! une fois n'est pas coutume!
Avant de l'entraîner avec moi dans l'abîme
qui m'attend, mettons entre elle et moi
une barrière telle qu'elle ne puisse ni n'ose
la franchir....

« Elle ignore qui je suis; qu'elle l'ignore
toujours!...

« J'ai voulu tenter une épreuve, brus-
quons-en le dénouement.

« J'ai voulu connaître l'homme en vivant
de sa vie, de ses désirs, de ses passions!
Misérables mortels, l'étude qu'à faite de vous
le docteur Gabriel de Saint-Ange n'est guère
à votre avantage!

« Vous êtes lâches et peureux : oui, vous
craignez la mort.·... devant cette crainte
vous courbez la tête comme le coursier
dompté qui livre sa bouche au frein que lui
donne un maître.

« Pour voir se prolonger vos jours, vous
commettriez toutes les lâchetés, toutes les
souillures possibles. Vous allez jusqu'à livrer vos secrets ! et vos secrets souvent
m'ont effrayé!

« Et vos femmes donc! que sont-elles? vai-
nes, capricieuses et coquettes.

« Dans l'espoir de pouvoir conserver

leur fugitive beauté, elles se livreront corps
et âme !

« Oui, pour embellir leur corps, elles don-
neront leur âme !

« Oh ! combien j'en ai connu, pétries d'un
infâme limon ! et toutes se ressemblent !
toutes ! oh ! non... il en est *jusqu'à trois* que
je pourrais excepter ; il est vrai que la
crainte de l'enfer l'emporterait chez elles,
sur toute autre crainte.

« Ainsi c'est par la peur qu'on pourrait
gouverner cet univers qui craque déjà de
toutes parts, comme une vieille maison qui
tombe en ruine !

« Ah! j'aime encore mieux mon sombre royaume.

« Sombre, et pourquoi lui donner ce nom? l'espérance, il est vrai, n'y entra jamais. Mais pour l'éclairer il lui reste la torche immense du désespoir!.. Cette lumière en vaut bien une autre!..

« Des ténèbres! des ténèbres!.. mais en est-il de si épaisses que mes regards ne se fassent jour à travers?...

« Ici les narines du docteur Gabriel de Saint-Ange se dilatèrent d'une manière démesurée. Il respira bruyamment ; on eût dit qu'il flairait déjà les brûlantes émana-

tions d'une région mystérieuse et lointaine,
sans doute bien connue de lui ! Un moment
il parut indécis, ne sachant s'il devait de
son pied puissant frapper la terre pour s'y
frayer un passage. Sans doute, une réflexion
lui vint, car il prit sa montre, et regarda
l'heure comme un simple mortel qui, pour
mesurer le temps n'a pas d'autres ressources
que l'art de Bréguet.

— Attendons encore , — dit Gabriel , —
et sa montre, merveille de l'industrie hor-
logère, rentra dans l'étroite prison d'un gilet broché d'or, à la mode du temps.

EXPLICATIONS (*suite*).

CHAPITRE XXV.

Explications (*suite*).

— Attendons, répéta Gabriel !

Le docteur Gabriel de Saint-Ange n'attendit pas longtemps. Bientôt il aperçut le vicomte se dirigeant de son côté. Saint-Pol n'était pas seul ; le marquis de Rieux et le comte de Bellegarde l'accompagnaient. Tous trois ils marchaient à grands pas et semblaient fort animés.

Le docteur les attendit de pied ferme. Par la force de sa puissante volonté, oubliant entièrement mademoiselle de Jouvencel, sa lèvre sardonique reprit ce sourire qui avait étonné bien du monde, sans que jamais personne en soupçonnât la véritable origine.

Gabriel, faisant la moitié du chemin, s'avança vers ses hôtes, et s'adressant au mousquetaire, il lui dit avec enjouement :

— Monsieur de Saint-Pol, j'ai mille excuses à vous faire.

— Des excuses, il est trop tard, — murmura le vicomte, je me bats décidément ;
car c'était bien la mule de ma cousine de
Miremont. Quant à mon mariage, je suis un
assez grand garçon pour pouvoir me marier
moi-même, sans l'assistance de personne.

Gabriel continua :

— Je suis vraiment désespéré de vous
avoir donné un inutile espoir ; j'étais dans
l'erreur, monsieur de Saint-Pol, et mademoiselle de Jouvencel...

— Eh bien !

— Ne vous aime pas !

— Ha! vraiment, vous avez fait, avec votre sagacité habituelle, cette brillante découverte... grand merci !

— Il n'y a pas de quoi, vicomte.

Puis s'adressant à Rieux et à Bellegarde, il leur dit :

— Messieurs, j'ai une agréable nouvelle à vous apprendre ; la marquise de Rieux et la comtesse de Bellegarde qui avaient eu connaissance de votre visite à mon château, sont venues vous y rejoindre, l'une en carrosse et l'autre en berline.

—Alors, tout s'explique,—dit le marquis à l'oreille du comte.

— Tout s'explique, sans doute ; mais de
quelle manière ? répondit le comte.

— Maintenant, messieurs, j'ai une prière
à vous adresser :

— Parlez, docteur, parlez, — répondit
Rieux d'un ton de haute protection.

— Je sais, messieurs, que vous aimez les
fleurs.

Rieux et Bellegarde s'entre-regardèrent ;
Gabriel poursuivit :

— Monsieur le marquis de Rieux, vous
trouverez dans votre carrosse un magnifique dalhia d'une espèce fort rare, et vous,

comte, dans votre berline, des tulipes fort
estimées, telles, enfin, que je sais que vous
les aimez.

— Comment sait-il que j'aime le dalhia?
—pensa Rieux.

Et le comte s'adressant la même question
se disait :

— Comment sait-il que j'aime les tulipes ?

—Vous acceptez, n'est-ce pas, messieurs?
—demanda le docteur.—Me refuser, ce serait me désobliger.

—Acceptez, messieurs,—murmura Saint-Pol,—il faut prendre son bien où on le trouve.

Ce qui prouverait que le vicomte en savait fort long sur l'histoire du dalhia fugitif et des tulipes voyageuses; oui, fleurs bien nommées les voyageuses! car après avoir abandonné la chambre à coucher de la marquise et de la comtesse pour le château du docteur; elles devaient retourner à leur point de départ. Seulement on ignore quelles pertes elles purent faire pendant le voyage.

Joconde s'instruisait en voyageant; les fleurs font peut-être comme Joconde.

—Ha ! pardon, monsieur le vicomte, — dit le docteur, en se retournant du côté du mousquetaire,—j'oubliais de vous annoncer encore une chose qui vous concerne :

— Quoi donc encore ?

—Monsieur de Saint-Pol, vous avez dû apercevoir ici la mule blanche de madame Louise de Miremont, votre cousine.

— Ha ! nous y voilà, enfin !..... pensa le vicomte.

—Madame de Miremont,—continua Gabriel, allait visiter une ses anciennes pen-

sionnaires qui habite un château voisin,
quand...

—Quel diable de mensonge va-t-il inventer encore,--pensa Saint-Pol.

— Quand la mule a perdu un fer...

— Ha ! si la mule s'est déferrée ; en mensonges, il sera toujours *ferré*, lui !

Cette réponse mentale du vicomte semble prouver qu'il n'était pas entièrement
dupe des paroles du docteur ; aussi, sans se

donner la peine de déguiser son mécontentement, il lui dit :

— *Débora,* dites-vous, s'est déferrée, c'est impossible ; je connais *Débora,* elle ne se déferre jamais, elle en est incapable !!

—Est-ce un démenti que vous prétendez me donner, monsieur de Saint-Pol ?

—Oui., un démenti sur ce point d'abord; sans compter les autres... points.

— Je crois, monsieur de Saint-Pol, que c'est une querelle que vous me cherchez ?

— Et s'il était vrai ?

— En cherchant, vous trouveriez, monsieur de Saint-Pol...

— Ha ! fort bien ! alors, cherchons.

— Ces messieurs sont-ils vos témoins ? —
demanda Gabriel, en désignant le comte et
le marquis.

— Ils sont mes témoins , monsieur ; où
sont les vôtres ?

— Oh ! moi, — fit le docteur, je n'en ai
pas besoin !... Mes deux témoins sont trou-
vés depuis longtemps... Le ciel d'abord , et
puis l'enfer, — murmura-t-il plus bas.

— Le docteur a raison ; le ciel est un témoin qui en vaut bien un autre... Monsieur
de Saint-Ange, nous avons choisi le terrain ;
il nous attend ; marchons !

— Marchons, messieurs !—répondit Gabriel.—Et tous quatre se dirigèrent du côté
du parc.

LE DUEL.

CHAPTER XXV

CHAPITRE XXVI.

Le duel.

Le parc attenant au château de Blancmoutier avait quelque ressemblance avec
celui de l'abbaye de Miremont. Ici, comme
là-bas, les arbres sont vigoureux et pleins
d'une sève luxuriante. Ici encore, les oi-

seaux du ciel viennent abriter leurs tendres ébats. L'aile frémissante, on les entend sous la feuillée se parler ce langage que comprend tout être qui respire, aime et veut être aimé. Dialecte universel, et qui ne sera une langue *morte* que lorsque l'univers s'écroulera sur sa base, comme un géant fatigué de se porter lui-même.

Ce jour-là, les oiseaux semblaient plus amoureux que de coutume; les uns portaient la plume qui doit servir de matelas au berceau de la jeune couvée encore à naître! D'autres poursuivaient l'insecte ailé, qui par mille détours, cherchait à éviter son ennemi. D'autres sautant de branche en branche, semblaient se livrer de joyeux combats ; petite guerre commencée par passe-temps, et terminée par une trève d'amour !!

Quatre personnages longeaient en silence les allées du parc. C'étaient le docteur Gabriel de Saint-Ange , le vicomte de Saint-Pol, le marquis de Rieux, et enfin le comte de Bellegarde.

— Par ici, docteur , par ici... Nous serons là à merveille pour l'affaire qui nous y amène.

En même temps, le mousquetaire désignait du doigt un espace vide, formé par quatre arbres formant un carré et dont les

faîtes réunis interceptaient les rayons du
soleil.

Monsieur de Saint-Pol avait raison ; l'endroit était des plus propices pour se couper
la gorge, sans crainte d'être dérangés par
les importuns.

— C'est donc ici? — demanda le docteur.

— Qu'en dites-vous, monsieur de Saint-
Ange, l'emplacement ne vous sourit-il
pas ?

— Vous l'avez choisi, messieurs : il doit

donc me convenir, — répondit Gabriel. —
Allons, monsieur de Saint-Pol, en garde !..
mais avant tout, recommandez votre âme à
Dieu !!

—Vive-Dieu ! docteur, me prendriez-vous
pour un de vos malades que vous auriez con-
damné? Je vous préviens que je me porte à
merveille, et suis tout disposé à vous le
prouver.

— Faites donc vos preuves, monsieur, —
répondit le docteur, qui déjà avait mis
l'épée à la main.

Rieux et Bellegarde s'étaient rangés de
côté, à distance des témoins.

Saint-Pol était en présence de son adversaire.

Les fers étaient croisés.

Le vicomte de Saint-Pol était justement célèbre par son courage et son adresse à manier une épée.

Mais que pouvait-il faire contre son terrible antagoniste ?

Au second dégagement du fer, l'épée du docteur vint frapper le vicomte en pleine poitrine.

— Bravo docteur ! vous avez la main heureuse... pour vous...

Ce furent les seules et dernières paroles prononcées par le malheureux mousque-taire.

Puis il tomba de toute sa hauteur, le vi-sage tourné vers le ciel...

Les deux témoins s'approchèrent : il n'avaient plus qu'un cadavre devant eux.

Pendant quelques secondes le docteur contempla sa victime avec son sourire satanique ; puis se retournant du côté de Rieux et de Bellegarde !

— Messieurs les gentilshommes, — leur dit-il, — vous êtes lâches et orgueilleux : lâches, car vous aviez confié à un tiers le soin de votre vengeance; orgueilleux, car vous avez préféré dévorer votre offense, plutôt que de vous avouer offensés !

Lâches!.. et orgueilleux!.. au revoir, messieurs?... oui, nous sommes de revoir!!!

A ces mots le docteur Gabriel de Saint-Ange disparut aux regards épouvantés de Rieux et de Bellegarde.

La terre venait de s'ouvrir sous ses pas.

L'ange des ténèbres retournait dans son empire.

Il ne laissait de son passage qu'un long jet de flamme aux émanations sulfureuses.

Rieux et Bellegarde prirent le vicomte dans leurs bras; ils voulaient le porter au manoir de Blancmoutier; mais lorsqu'à travers une éclaircie, leurs regards cherchèrent les tourelles du château , tourelles et château avaient disparu. Il n'en restait plus rien, et sur l'emplacement on n'apercevait plus qu'un terrain rugneux, aride, desséché, et sur lequel ne croissait pas le moindre brin d'herbe !

Seulement à l'extrémité du bois , à l'endroit où la route se bifurquait , ils aperçurent un carrosse ét une berline qui se dirigeaient du côté de Paris de toute la rapidité de leurs chevaux épouvantés et qui semblaient avoir pris le mors aux dents. Sur la route opposée, ils aperçurent *Débora* fuyant de toute sa vitesse , bien qu'elle portât un double fardeau ; madame Louise de

Miremont, et sa jeune parente mademoiselle
de Jouvencel.

Heureusement Rieux et Bellegarde re-
trouvèrent le gondolier qui les avait amenés.
Sa légère embarcation n'avait que deux pas-
sagers à son départ, au retour elle en ra-
mena trois.... un mort et deux vivants !..

La compagnie des mousquetaires rouges
fit de magnifiques funérailles à son malheureux lieutenant.

En vain, ses amis cherchèrent à décou-
couvrir le nom de son meurtrier. Ce nom
resta toujours ignoré.

En arrivant à l'abbaye mademoiselle de Jouvencel était morte!...

On n'entendit plus parler du docteur Gabriel de Saint-Ange.

Quant à Labriche, comme Romulus, il avait disparu dans la tempête !

Six mois après, Rieux et Bellegarde avaient divorcé : Le diable avait gagné *sa gageure*; il avait pu se convaincre que l'homme a une telle crainte de la mort, que pour reculer le fatal moment; pour retarder d'un jour, d'une heure, de quelques secondes, l'aiguille qui vole sur le cadran de l'éternité. — Il

avait pu se convaincre disons-nous, — que
l'homme pour atteindre ce but est prêt à
tout sacrifier, à tout livrer...

Tout..... jusqu'à ses secrets !!!

UN REVENANT.

CHAPITRE XXVII.

Un Revenant.

Trente ans se sont passés depuis les événements que nous venons de raconter.

Un petit vieillard traverse le pont Neuf.
— Ce pont fabuleux, dont la jeunesse doit

durer autant que lui. — Ce petit vieillard , à la tournure alerte et pimpante, aurait pu donner une idée assez exacte du *petit homme gris* dont la joviale humeur a été célébrée par l'auteur du Dieu des bonnes gens.

Cet aimable personnage, — nous parlons de l'homme du pont Neuf, — portait un chapeau à trois cornes. Ce triangle , crânement posé sur son front, lui donnait un air des plus martials. Ses cheveux blanchis à frimas laissaient leur mèches coquettes voltiger au gré des vents. On aurait cru voir le mois de janvier fait homme, et traversant Paris, la couronne au front.

Un jabot démesuré s'allongeait par le haut

dé sa poitrine, à l'endroit où le gilet se reculait humblement comme pour faire place à cet orgueilleux cousin de la chemise. Un tel procédé de la part du gilet était d'autant plus méritoire, qu'il avait bien, lui aussi, son mérite. Sans parler de ses riches couleurs, il s'échancrait avec une grâce toute juvénile sur le ventre un peu rebondi de son propriétaire. En outre, à ses extrémités, se balançaient avec un cliquetis métallique une superbe paire de breloques servant de queue à une montre digne, sans doute, des breloques. Quant à la culotte du vieillard, elle était couleur grenat, et s'attachait au dessous du genou à des bas chinés qui allaient disparaître dans des souliers à boucles d'argent.

Un habit gorge de pigeon servait de com-
plément à cette merveilleuse toilette.

N'oublions pas, cependant, de mentionner une canne à pomme d'or, et que notre
homme brandissait d'un geste presque pro-
vocateur, et plein de contentement de lui-
même. La verge de ce Romain , qui venait
d'abattre la tête des fleurs de Tarquin, seule
était comparable à l'orgueilleuse canne du
petit vieillard.

Si nous nous sommes permis de donner
un portrait aussi détaillé de cet aimable gri-
son, c'est qu'en lui nous venons de retrou-
ver une bien ancienne connaissance.

Le petit viellard du pont Neuf, c'était maître Labriche, le spirituel et sensuel valet du docteur Gabriel de Saint-Ange.

D'où sortait maître Labriche?

Depuis trente ans, qu'était-il devenu?

De quels grands événements avait-il été le héros ou la victime,—deux choses qui ont assez l'habitude de se coudoyer.

Malgré le désir que nous aurions de pouvoir faire ici une réponse satisfaisante, nous sommes bien forcé d'avouer notre ignorance à ce grave sujet.

Nous ignorons complétement ce que Labriche était devenu depuis que le château de Blancmoutier avait disparu avec son maître.

Labriche traverse le pont Neuf ; donc il n'est pas mort ; à moins pourtant qu'il ne lui ait pris envie de jouer un nouveau rôle, — celui de *revenant*.

Mais non, c'est impossible ; un revenant ne peut avoir un pareil habit, un pareil gilet, et surtout un pareil chapeau.

Labriche est bien vivant; seulement, il a
vieilli de trente ans ! Trente ans! grand Dieu!
quel fardeau de plus sur les épaules !... Ce
fardeau, maître Labriche le porte fort gail-
lardement, ce qui ne l'empêche pas de s'être
affaissé sur lui-même, comme un monu-
ment qui menace ruine. De grands succès
ou de grands revers ont ridé son front,
comme la surface d'un vieux lac au moment
de la tourmente.

Nous venons de parler des grands succès
ou des grands revers présumables de notre
ami Labriche; il est probable qu'il a été
étranger à tout grand revers, et que de la

médaille de l'existence il n'aura vu que le
bon côté.

S'il en était autrement, aurait-il cet air
joyeux et toujours un tant soit peu libertin?
Le malheur, la douleur doivent laisser après
eux de bien autres traces!

O vous, l'heureux confident des secrets du
docteur Gabriel de Saint-Ange! Qui nous
redira l'histoire de vos derniers trente ans?
Quel malheur que l'on manque de docu-
ments à cet égard! La postérité y perd peut-
être toute une merveilleuse épopée!

Forcé que nous sommes de jeter un voile sur les derniers trente ans de maître Labriche, ne parlons que de son présent.

Le jour où nous l'avons retrouvé traversant le pont Neuf, il avait un air tellement satisfait, qu'il semblait que quelque grande pensée venait de jaillir de son cerveau.

Grande pensée, en effet !...

Labriche, fatigué du néant des vanités humaines, venait de descendre en lui-même. Il songeait à la retraite.

— Maître Labriche allait-il donc se faire
ermite?

—Oui, ermite! mais quel ermitage il avait
choisi! ni plus, ni moins que l'abbaye de
Miremont! •

Labriche qui, sans doute, avait conservé
des intelligences dans la place, venait d'apprendre que le jardinier du couvent avait
trépassé. A cette nouvelle, il jura que le poste
occupé par le défunt lui reviendrait un
jour, et ce jour ne tarda pas à venir.

Labriche se présenta hardiment à la porte
du couvent, et grâce à ses papiers parfaite-

ment en règle, il fut mis en possession de la
place ambitionnée.

Il est vrai qu'il ne retrouva ni madame
Louise de Miremont, ni la fringante *Débora*,
ni les jeunes nonnes dont les blanches mains
aimaient à la caresser. Hélas ! la mort avait
frappé sans pitié. Il ne retrouva pas même
l'ancienne tourière du couvent, et cependant
les tourières sont, dit-on, comme les cor-
neilles qui vivent cent ans. — A la généra-
tion des nonnes qu'il avait connue, avaient
succédé d'autres générations ; mais le vieux
couvent était toujours le même ; la même
cloche sonnait toujours matines. Le petit
pavillon, ancien pied à terre du malheureux
vicomte de Saint-Pol, avait toujours ses fe-

nêtres peintes en vert. Le jardin avait toujours ses fleurs et son bassin où jouaient de
si beaux cygnes. Labriche se mit bravement
à l'œuvre, et disons bien vite qu'il n'eut qu'à
s'applaudir de sa résolution. Jardinier d'un
couvent.. Ceci n'est point, certes, une place
à dédaigner. Labriche devait en savoir quelque chose.

Labriche mourut fidèle à ses plates-ban-
des et à ses chères nonnes.

Le couvent tout entier pleura sa mort !

Lecteur, qui connaissez le rôle mondain
qu'il avait joué si longtemps, vous allez

trembler pour son salut ; mais , rassurez-
vous, les bonnes sœurs prièrent pour l'âme
de ce grand pécheur, et à tout-péché miséricorde!!!

POST-FACE.

Protestation du Diable.

Nous venions de livrer les derniers feuillets de ce livre, à notre imprimeur, quand une lettre, à nous adressée, vints oudain frapper nos regards. Cette missive se trouvait pla-cée sur notre secrétaire, sans que nous ayons

jamais pu découvrir par quelle voie mystérieuse elle nous était parvenue.

Cette missive portant un timbre rouge,
était écrite sur un papier de même couleur.
Après nous être bien assuré qu'il n'y avait
pas d'erreur et qu'elle nous était réellement
destinée, nous en avons brisé le cachet
avec un émoi involontaire, et voilà ce que
nous avons lu :

« Monsieur,

« Je suis à bout de patience, et si mes
ministres, responsables, ne me retenaient
pas, je partirais à l'instant même pour
Paris, pour avoir le plaisir d'exercer de
justes représailles, contre tous ceux qui,

comme vous, se permettent d'user, et d'abuser de mon nom !

« Depuis qu'on a osé écrire mes prétendus *mémoires* je n'aurai donc ni trêve ni repos ! Ceci devient assommant, et c'est à se fâcher *tout rouge* !..

« Hé de grâce, messieurs, laissez le diable pour ce qu'il fut, pour ce qu'il est, et pour ce qu'il sera. Ne lui prêtez pas plus d'esprit qu'il n'en a ; mais, surtout, ne lui supposez pas plus de sottises qu'il n'en possède.

« Je puis pardonner à Milton de m'avoir

tant soit peu diffamé. Milton avait du génie, et ce n'est pas sans un certain plaisir que j'ai lu son réquisitoire.

« Le diable peut être indulgent pour le génie, mais pour le génie seulement.

« Mais vous, messieurs, qu'êtes-vous pour vous poser en historiographes brevetés?

« On dit que chez vous l'esprit court les rues. Franchement, en vous lisant, je ne l'aurais jamais soupçonné. Votre esprit ressemble aux ténèbres de mon empire, et encore non, il ne leur ressemble pas. Ces témoins sont *visibles*, et votre esprit ne l'est pas!

« Occupez-vous de chemins de fer , de vapeur..... d'éther, de magnétisme ; découvrez des planètes nouvelles , si bon vous semble , mais épargnez - moi vos calomnies !

« Oui, messieurs, vous m'avez calomnié ; et je pourrais vous intenter un bon procès ; je pourrais requérir contre vous une condamnation avec dommages et intérêts.

« Je serai clément, une fois encore ; mais ce sera la dernière.

« Jusqu'ici j'ai parlé, en général, de vos

confrères en littérature *diabolique*; maintenant, parlons de vous en particulier.

« Vous vous êtes permis à mon égard la supposition la plus impertinente, et en même temps la plus mensongère qui pût sortir d'un cerveau malade.

« Oui, monsieur, vous aviez l'imagination malade, quand vous vous êtes avisé de changer le diable en médecin.

« Je porte un sceptre, monsieur, et nullement une lancette ! Si je tâte le pouls à l'u-

nivers, ce n'est que par métaphore. Je tue
et ne guéris jamais; — il est vrai que l'on
prétend que vos Esculapes n'agissent point
autrement.

«Qui vous a permis de supposer qu'à aucune époque mon crédit ait baissé? Il a
grandi de jour en jour, voilà la vérité.

« Dans l'origine, j'ai borné mon ambition
à faire manger la pomme que vous savez.
Mais depuis lors, combien mon pouvoir a
grandi! j'ai peine à me reconnaître moi-
même.

«Merci, mortels! merci! c'est à votre ma-
lice que je dois les autels érigés en mon
honneur !

« Oser prétendre que mon crédit ait jamais baissé !

«Ma royauté est-elle donc en actions? Les
fleurons de ma couronne sont-ils des cou-
pons de Bourse colportés par des courtiers-
marrons?

« En fait de marrons, sachez que si le dia-

ble ne les met pas au feu, il a toujours soin
de les manger.

Le rôle de dupe ne sera jamais le mien.

«Le diable embarrassé de choisir une carrière? allons donc! mais toutes m'appartien-
nent, comme j'appartiens à toutes.

«Oui, monsieur, apprenez cette grande vérité que votre ignorance semble n'avoir jamais soupçonnée.

Cette vérité, la voici :

« Le diable est en tout et partout!

« Il est l'anneau de la grande chaîne, dont chaque chaînon enlace l'univers et le retient prisonnier : esclave soumis à ma puissance!

« Ignorant! trois fois ignorant qui ne vous doutiez pas de cela !

« Mais avant d'écrire sur le diable, apprenez donc au moins à le connaître!

« Que diriez-vous d'un homme qui entreprenait de bâtir un palais, sans avoir aucune notions des règles de l'architecture ? Que dire d'un historien qui choisit un héros qu'il ne connaît que de nom ?

«Oui, monsieur, je le répète afin que vous en ayez meilleure souvenance ; le diable est en tout et partout.

« Il se glisse humblement dans une anti-chambre ; comme il entre fièrement dans un palais.

« Valet il sert :

« Maître il commande.

« Tous les rôles lui conviennent, pourvu qu'ils lui rapportent ; et tous lui rappor-tent.

« Comment? c'est là son secret.

« Diplomate, j'intrigue.

«Général, je livre bataille. Et mon orgueil se repaît du spectacle des trophées sanglants que mes soldats viennent en expirant déposer à mes pieds.

«Abbé, je prêche et mes sermons visent à l'effet. Je fais ici de l'orgueil en trois *points*.

« Avocat, je pérore : ici mon orgueil est dans mes poumons.

« Philantrope, je distribue aux indigents des soupes économiques en ayant grand soin d'annoncer à l'univers étonné cette nouvelle charitable. »

POST-FACE (suite).

Protestation du Diable (*suite*).

Notre terrible correspondant continuait ainsi :

« Sous le manteau troué du philosophe mon orgueil se cache encore, mais pas assez

pour qu'on n'en n'aperçoive le petit bout
de l'oreille.

« Electeur, je place mes neveux.

« Député, je me place moi-même, en ayant
soin de déplacer les autres.

Ma maxime est alors :

—

— Ote-toi de là, que je m'y mette.

« Enfin je suis un peu ministre ; ce qui ne
peut pas dire qu'un ministre ait l'esprit du
diable — de l'orgueil, je ne dis pas !

« Voyez-vous ce joueur qui, sur un coup de
dé va risquer toute sa fortune, compromet-
tre l'existence de sa famille entière?

« C'est moi qui le conseille. C'est moi qui,
entre ses doigts fait glisser la carte bizeau-
tée.

« Le diable alors se fait *Grec*.

« Voyez-vous cet avare qui compte son or?
qui prête à la petite semaine, à l'intérêt de
cent pour cent?

« C'est encore moi qui fais jouer ce rôle
fort peu honnête.

« Le diable alors se fait Juif.

« Spadassin, je me bats.

« Libertin, je fréquente les lieux mal fa-
més.

« Marchand, je vends à faux poids.

«Maquignon, je revends des chevaux tarés.

«Ce qui vous étonnera, monsieur, c'est que
je hante même les églises.

« J'aime fort le rôle de sacristain et de son-
neur de cloches :

« Un mariage a lieu. Ce mari sera.... ridi-
culé...., vite, je sonne les cloches.

« Un enfant naît. Cet enfant m'appartien-
dra un jour : vite encore je sonne les cloches !

« Un grand pêcheur vient de me livrer son
âme !

« Cette fois, je me place à califourchon sur
la plus grosse cloche : et en avant le bour-
don !!

« Mais ce qui achèvera de vous étonner,

c'est d'apprendre que, plus d'une fois il est
arrivé au diable de présenter l'eau bénite
à quelque charmante dévote que son direc-
teur attend au confessionnal.

« Résumons-nous.

« Mon nom est plus puissant que jamais!
et la preuve... mais à quoi bon en venir
aux preuves ? Qu'il vous suffise de savoir,
monsieur, que si l'enfer est pavé de bonnes intentions, jamais il ne fut mieux pavé qu'il ne l'est aujourd'hui!

« Mes affaires vont au mieux. Ma m ar-

mite budgetaire n'a point cessé de bouil-
lir.

« Mes ministres sont satisfaits, et moi
aussi.

« C'est assez....

« Ainsi donc, messieurs,—je parle ici en
général, — ne vous occupez plus de ce
qui se passe chez moi : sinon, je serai
contraint de m'occuper, un peu trop, à
votre désavantage, de ce qui se passe
chez vous !..

« Quant à votre livre, j'ai un excellent conseil à vous donner :

« Brûlez-le : sinon ! par mille chaudières de mon royaume, il pourrait bien vous en cuire !!

« Sur ce, je vous salue,

« SATAN.

De l'enfer, le 1ᵉʳ avril 1847.

POST-SCRIPTUM.

Post-Scriptum.

La lettre du diable avait un post-scrip-
tum que voici :

«Le ministre de ma police secrète vient de
me remettre à l'instant un nouveau pam-
phlet contre moi, et dont j'extrais les lignes
suivantes :

« Jusqu'à ce jour on avait pensé assez géné-
néralement que le diable était cause de tout
le mal qui nous arrive , et de tout le bien
qui ne nous arrive pas.

« Nous étions dans l'erreur. Mortels, vous
aviez calomnié le diable !

« Prenez garde à vous ! ou plutôt prenez
garde à lui !

« Nous ne connaissons pas le diable ; cette
courte légende que nous pouvons déclarer
véridique, authentique et signée du sceau
infernal, cette courte légende , dis-je, va
nous le faire connaître.

« Voici le portrait du diable, au physique
comme au moral.

« Le diable qu'on a fait si laid et si vieux,
est un charmant garçon, d'une trentaine
d'années. Son plus grand malheur est d'a-
voir toujours trente ans ; or, avoir toujours
trente ans c'est être à peu près éternel ! Hélas ! de tout temps nous voyons les dieux fa-
tigués de leur immortalité, comment le
diable ne le serait-il pas de la sienne ?

« Le diable serait le meilleur fils du monde
s'il le pouvait ; il *ferait* tranquillement ses
quatre repas, se *coucherait* de bonne heure,
sans jamais passer *minuit*, ni payer l'amende
à son portier ; il *irait* même en bon mari

jusqu'à prêcher la sagesse à madame la dia-
blesse, sa femme, ainsi qu'à M. le diable,
son *fils*, avec qui M. Paul Féval va bientôt
nous faire faire connaissance.

« Voilà ce que serait le diable s'il en avait
la liberté; mais cette liberté lui manque.
Pourquoi? — Voilà le pourquoi.

« Le diable a un cheval qui lui sert de
monture et de *factotum*; c'est son valet, mais
grand Dieu! quel valet! c'est bien maître
diable qui commande, mais maître cheval
n'obéit pas. Entre ces deux célèbres personnages règne un éternel désaccord : que le
diable veuille prendre à droite, son cheval
prend à gauche. En général, le cheval du

diable est gaucher ; il galope sur le pied gauche, baisse l'oreille gauche, cligne de l'œil gauche, voilà pourquoi il ne fait faire que des *gaucheries* à son maître , gaucheries dont le pauvre monde est victime d'après le système des ricochets que ce bon Picard avait cru inventer , mais qui sont plus vieux que le déluge, aussi vieux que le diable et son cheval.

« L'enfer est, dit-on, pavé de bonnes intentions : pourquoi tant de bonnes *intentions* sont-elles devenues de mauvais faits ? Par la faute de qui ? par la faute du cheval du diable. C'est lui qui est le pourvoyeur de l'enfer dont il a fait adjuger la royauté à son maître, sachant très-bien qu'il serait , lui cheval, ministre responsable du roi son maître. On croit que c'est un de nos grands hommes d'état qui a découvert le proverbe ministériel... *le roi règne*, mais il ne *gou- verne pas.* Encore une erreur de notre part. C'est le cheval du diable qui a pris cette maxime sous la semelle de ses bottes.... Je me trompe, de ses *sabots* de cheval ! Le che- val du diable est le grand visir de son maî- tre dont il a fait un véritable roi fainéant. C'est le cheval qui fait agir les ficelles ; Satan n'est qu'un vrai mannequin. Ce mannequin royal, le cheval infernal le prend chaque jour sur son dos, sous prétexte d'une prome- nade sentimentale. Mais voyez les résultats de la promenade du diable et de son cheval ! Sur leur passage, bientôt tout est bouleversé.

Monsieur le valet veut faire des siennes ;
son maître, usant d'un reste de pouvoir,
veut le rappeler à la raison. Le valet se ca-
bre, prend le mors aux dents, et bouscule
tout dans l'univers. Quand un trône fait la
culbute au bout du fossé royal ou impérial,
soyez sûr que le cheval du diable vient de
lancer quelques-unes de ces ruades traîtres-
ses dont il est trop coutumier. Qu'il neige,
qu'il grêle, qu'il vente, qu'il tonne outre
mesure, c'est encore la satanée monture qui
en est cause.

« Si bien que l'on peut dire que le cheval
du diable emporte son maître plutôt qu'il
ne le porte, et que c'est nous, pauvres mortels qui en pâtissons.

Je continue à citer :

« Au milieu d'un épais brouillard assez semblable à ceux qui visitent nos amis d'Outre-mer, nous avons dernièrement failli être renversés par un cavalier dont la monture était lancée à fond de train. Le cavalier avait quelque chose d'étrange qui lui donr un faux air avec le *comte de Monte-Christo*, cet être moitié ange, moitié démon, rêvé par la muse de l'auteur d'*Antony* ! Bien que l'inconnu eût passé aussi vite qu'une tempête qui galope, nous eûmes cependant le loisir de distinguer son costume. Il portait des culottes à la *Joconde*, un gilet à la *don Juan*, avec un magnifique habit à la *Richelieu.* Le tout faisait le plus grand honneur au tailleur du diable (car c'était lui), et nous sommes portés à croire que ce tailleur avait reçu sa commande par l'entremise de ce coquin de cheval montrant de la perversité jusque dans le choix des vêtements que devait porter son maître.

« Nous n'avons pas parlé encore de la coiffure du cavalier. Il ne portait ni chapeau à la *Gibus*, ni turban à l'orientale, seulement deux *croissants* se croisaient sur son front. A ce signalement, qui n'eût reconnu le diable? C'était bien lui en personne ; tous nos doutes d'ailleurs devaient se dissiper à la vue de son cheval. Ses naseaux étaient fumants; son pelage était rouge ; il avait la bride tendue comme un arc de sagittaire ; à cette bride le cavalier se cramponnait de ses mains raidies. Le cheval allait, allait toujours en jetant autour de lui une forte senteur de roussi. Comment douter encore que ce ne fût le diable et son cheval ?

« Je m'arrête, ma juste indignation ne me permet pas d'en dire davantage.

« Le diable esclave de son cheval !

« N'est-ce pas pousser l'insulte jusqu'au licou »

A la suite de cette impérieuse protestation, nous avons été saisis d'une grande
crainte. Nous avouerons même, que nous
avons été sur le point de déchirer notre œuvre, et de la livrer aux flammes, plutôt que

de nous y voir livrer nous mêmes. Alórs,
nous avons eu à soutenir une longue et terrible lutte, pleine d'anxiété. Il s'agissait de
savoir si l'auteur se sacrifierait lui-même,
ou bien s'il sacrifierait son livre.

Danger pour danger, sacrifice pour sacrifice, nous avons pensé qu'il était plus gé-
néreux de notre part de braver la colère de
Satan que de lui livrer notre progéniture. Si
notre conduite a été celle d'un bon père,
daigne le lecteur nous le prouver !

FIN DU TOME SECOND ET DERN...

BIBLIOTHEQUE ROYALE I

TABLE DES CHAPITRES.

FIN DE LA TABLE DU TOME SECOND.

PARIS. — Imprimerie de LACOUR et comp.,
rue St-Hyacinthe-St-Michel, 33.

ERRATA.

OEUVRES DE CLÉMENCE ROBERT.

OUVRAGES PARUS.

Romans Historiques.

Les Tombeaux de Saint-Denis.	2 vol. in-8.
Mandrin.	2 vol. in-8.
William Shakspere.	2 vol. in-8.
Le Roi.	2 vol. in-8.
La Duchesse d'York.	2 vol. in-8.
Le Marquis de Pombal.	2 vol. in-8.
La Duchesse de Chevreuse.	2 vol. in-8.
Un Amour de reine.	1 vol. in-8.

Romans de Mœurs.

Le Pauvre Diable.	2 vol. in-8.
René l'ouvrier.	1 vol. in-8
L'Abbé Olivier.	1 vol. in-8.
Une Famille s'il-vous-plaît.	2 vol. in-8.

Poésies.

Paris, Silhouettes.	1 vol. in-8.

SOUS PRESSE.

Romans Historiques.

Le Couvent des Augustins.	2 vol. in-8.
Madeleine des Amours.	2 vol. in-8.
Jean Goujon.	2 vol. in-8.
Jeanne de Castille.	2 vol. in-8.
Le Donjon de Vincennes.	2 vol. in-8.
Christine de Pisan.	2 vol. in-8.

Romans de Mœurs.

Les Mendiants de Paris.	2 vol. in-8.
La Misère.	2 vol. in-8.
Jeune, riche et jolie.	2 vol. in-8.
Mourir pour elle.	1 vol. in-8.
Le Paradis perdu.	1 vol. in-8.

Pour paraître incessamment.

LE TRIBUNAL SECRET.

ROMAN HISTORIQUE. 2 volumes in-8.

Paris.—Imp. Lacour et Cie, rue St-Hyacinthe-St-Michel, 33.